シドニーの虹に誘《いざな》われて

Li Kotomi
李琴峰

集英社

高層ビルから見下ろした
シドニー市街地。

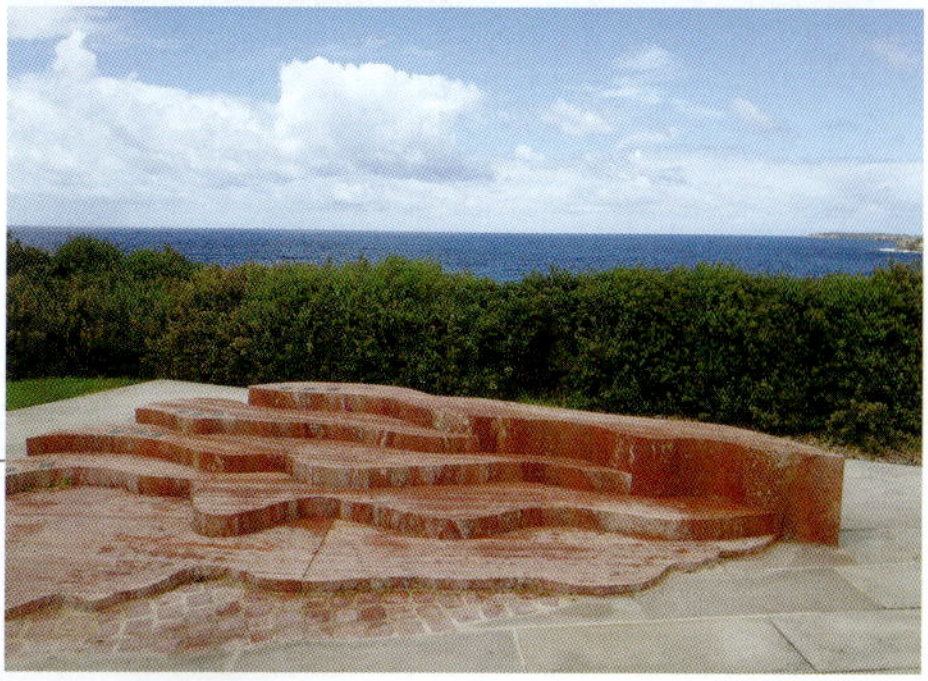

赤煉瓦でできた
記念碑「Rise」。

道路が赤、橙、黄、緑、青、紫の
六色にペイントされている。

岬から見下ろした
ボンダイビーチ。

どこかのフロートの大きい風船が
割れ、大量の紙吹雪が宙を舞った。

穏やかな光の流れが急に止まり、次の瞬間、まったく違う色が橋を染め上げた。水色、ピンク、白――トランスジェンダー・カラーだ！

（撮影・すべて著者）

目次

シドニーの虹に誘《いざな》われて

シドニーの虹に誘われて

0

眩《まばゆ》い陽射《ひざ》しが降り注ぎ、翡翠《ひすい》の波が押し寄せ、晴れ渡る青空の下で、三日月《みかづき》の形をした黄色い砂浜が広がっている。南半球の夏、シドニーの観光名所「ボンダイビーチ」はサーフィン客で賑《にぎ》わっている。

ビーチの南の崖の上、観光客がほとんど見向きもしない一隅に、崖の形を模した小さな煉瓦《れんが》造りの追悼記念碑があった。記念碑に嵌《は》め込まれたいくつかの金属板の一つには、こう刻まれている。

〈世界中の全ての都市の過去には深く暗い秘密がある。しかしこの類の恥ずべき事件があったことは最終的に認められなければならない。そうしてはじめて、過去に苦しんだ人たちは、自身の苦しみがようやく認識されたと感じることができる。シドニーも例外ではない〉

記念碑があるこの崖は七〇年代から九〇年代にかけて、ゲイ男性が相手を求める「ハッテン場」だったのと同時に、憎悪犯罪者による「ホモ狩り」の名所でもあった。あの時代、シドニー市内各所で約九十人のゲイ男性とトランス女性が殺害された。しかし殺人事件が起こっても警察は真面目に捜査せず、「事故」や「自殺」で片づけた。当時の警察にとって、ホモ連中は殺されて当たり前の存在で、真剣な捜査に値しなかったのだ。

1　失恋、矛盾、予兆

二〇一六年三月、私はシドニーにいた。

当時のことを逐一思い起こし、文章にしていくのは容易なことではない。僅か七年前のことだけれど、私を取り巻く環境が今とは何もかも違っていたからだ。

私は二十六歳だった。文学賞を何も取っておらず、作家ですらなかった。大学院を修了し、就職先は決まっているがまだ入社前だった。ゆえに学生でもなければ会社員でもなく、文字通り何者でもない宙ぶらりんな時期だった。働き出したら給料は入るだろうが、その時は貯金がひたすら減っていった。将来への微《かす》かな期待とともに、ぼんやりした不安、そして心の底にこびりつく諦念と絶望感を抱いていた。

加えて、あのとき私は失恋のどん底にいた。ただの失恋ではない。存在を否定されるような失恋だった。その失恋の経験は私の人生で最も深いトラウマと響き合い、私に大きな痛みをもたらした。あなたはあなたであるだけで、どうせ誰からも愛されないのだ――相手の本当の意図がどうだったかに関係なく、私はそのようなメッセージを受け取った。

丸々三日間、私は何もできずにベッドで寝込んだ。気づいたらシドニーへの出発日が迫っていた。本当は何もかもが億劫《おっくう》で、寝転がったまま身体《からだ》が朽ち果ててくれればいいのにと願ったが、違う国の風景を見れば痛みも紛れるかもしれないと考えた。私は荷物をまとめ、重い身体を引きずりながら南半球への飛行機に乗り込んだ。

冬の寒さがしつこく残る東京の早春とは違い、シドニーは半袖一枚で事足りる真夏で、空は息を呑《の》むほど鮮やかな青だった。シドニー国際空港を出て青空を仰いだ途端、胸に巣くう絶望が幾分か軽くなった気がした。天気がこれほどまでに人間の気持ちに影響を与えるのかと、少し不思議だった。

三月にシドニーを訪れるのには理由があった。「マルディ・グラ（Mardi Gras）」を見に行きたかったのだ。

シドニーのマルディ・グラは毎年二月から三月にかけて開催される、世界最大規模のＬＧＢＴの祭典である。約三週間の会期中に様々なイベントや展覧会、映画祭、コンサートが開催され、世界中から見物客が集まり、クライマックスの「プライドパレード」だけで動員人数は五十万人に上る。

一人の性的少数者として、ＬＧＢＴが誇りを奪われてきた歴史を私は痛いほど知っているし、今でも自分自身の存在に誇りを持つのは難しいと感じる時がある。だからだろうか、自分と同じような人たち——つまりはＬＧＢＴの人たち——が胸を張って存在と誇りを主張するこの手のイベントに、私はいつも心を惹《ひ》かれる。東京のプライドパレードにもほぼ毎年欠かさず参加しているし、台湾《たいわん》にいた頃は台湾プライドパレードにも出ていた。

もちろん、そうしたイベントには解消しがたい矛盾がいくつかあるのも知っている。まず、一九六九年六月にニューヨークで起きた「ストーンウォールの蜂起」から始まったプライドパレードは、本来、何よりもＬＧＢＴを抑圧してきた多数派社会と国家権力に対して異議申し立てをするための抗議運動・社会運動だった。しかし時が経《た》つにつれ、国によっては社会運動としての側面が後退し、「楽しい祭典」という色合いが強まっていった。そこに企業がＣＳＲ（企業の社会的責任）などの名目で資金を注入し始めると、否応《いやおう》なしにプライドパレードは商業化していき、それに比例して異議申し立ての力も弱まっていく。社会運動と商業化のせめぎ合い、それが第一の矛盾である。

次に、プライドパレードはＬＧＢＴをはじめとした性的少数者が一致団結し、政治的主張を展開するイベントである。しかし性的少数者といっても一枚岩ではなく、Ｌ（レズビアン）、Ｇ（ゲイ）、Ｂ（バイセクシュアル）、Ｔ（トランスジェンダー）の間には歴然とした力の差がある。歴史的に、同性愛者の非犯罪化・脱病理化・可視化、そして婚姻の平等（同性婚）の実現を求める主張は常にＬＧＢＴ権利回復運動の中心に置かれ、一方、トランスジェンダーにまつわる政治的課題は「二の次」と後回しにされてきた。同じ同性愛者でも、レズビアンとゲイはしばしば異なるやり方で差別される。「ホモは気持ち悪いが、レズは綺麗《きれい》なものなら許すしそこに挟まりたい」というのがその代表例だ。また、男性優位社会の中で権力ある地位につきやすいのはゲイであり、レズビアンは往々にしてゲイの陰に隠れ、運動の主体になりづらい。ＬＧＢＴで連帯して活動する時に、内部の差異が無視されやすい——これが第二の矛盾である。

ほかにもいくつか矛盾があるが、しかし最大の矛盾は私の中にあるように感じられた。すなわち、私は自分自身のあり方すら肯定しきれていないくせに、「性の多様性を肯定し祝福しよう」という浮ついたスローガンを掲げるこの手のイベントに、救いがたく惹きつけられているという点だ。性の多様性を象徴する六色の虹に彩られるイベント会場に身を置くと、私は常に「世界から祝福されている」ような気持ちと、「こんなことをやっていて一体何になる、結局私の根源的な痛みはどうにもならないのではないか」という皮肉な気持ちとに引き裂かれる。

デビュー小説『独り舞《まい》』で、私はこう書いた。

まるで世界から祝福されているような気分だ。それは不協和音を悉《ことごと》く無視した仮初の幻想に過ぎないと知りながら、彼女はつい頼ってしまう。……上辺だけの連帯に覚えた確かな疎外感から目を背け、無理やりにでも心の拠《よ》り所《どころ》を見出《みいだ》さなければ、彼女は日常すら維持できなくなってしまう。

そう、希望と絶望の往還、連帯と孤立の二律背反、いつも私はその狭間《はざま》で苦しめられている。

二〇一六年三月のシドニーもまたそうだった。違うのは、そこで見出した「希望」の形は、東京のそれより遥《はる》かに大きかったという点である。

2 追憶、寂寥《せきりよう》、誕生

二〇一六年三月——飛行機を降りた瞬間にドラァグクイーンに出迎えられ、マルディ・グラのチラシを渡された私は驚愕《きようがく》した。まだ入国手続きすらしておらず、というか、まだ空港にすら入っていないのだ。ボーディング・ブリッジのところにドラァグクイーンが立ち、飛行機を降りる乗客にチラシを手渡す——これは国レベルの協力なしでは実現し得ないことだろう。つまり「一部の変な人の」「なんかよく分かんないけどそっち系の」イベントである日本や台湾のプライドパレードとは異なり、シドニーのマルディ・グラは、街全体、国全体で盛り上げる一大行事なのだ。その事実を、あまりにも大きい彼我の差を、私は飛行機を降りた瞬間から突きつけられた。

都心に入ると、またもや驚愕の連続だった。スーパーからデパート、クラブ、書店、市庁舎に至るまで、どこもかしこも虹の色に染まっている。私が予約した安いバックパッカーズですら、体育祭の万国旗《ばんこくき》よろしく小さなレインボー・フラッグが無数に飾ってあった。これは何かの間違いでは？　たかが性的少数者のイベントをここまで盛大にやるかな？　頬をつねって夢かどうか見極めるように、勘違いかもしれないと思った私はそれらの旗の色を数えてみた。七色ではなく、ちゃんと六色のレインボー・フラッグだ。

例えば東京レインボープライド（ＴＲＰ）のフェスティバル。毎年代々木《よよぎ》公園で開催されるそれは会場に入るとそこそこ賑やかだし、人々はレインボー・フラッグを掲げたり、レインボーのステッカーやアクセサリーなどの小物を売ったりしているが、公園から一歩外に出ると、全てがつかの間の夢のように消え去り、「普通の」社会が眼前に広がる。

一回、ちょうどＴＲＰのパレードが好きなバンドのライブと被《かぶ》ったので、しかたなくＴＲＰを断念したことがある。偶然にもライブ会場は代々木公園のすぐ横のＮＨＫホールだった。レズビアンであることを隠していた私は同じバンドが好きなファン友たちとＮＨＫホールの外で合流したが、当然、代々木公園のＴＲＰのフェスも、パレードの隊列も見えていた。いつもＴＲＰの「中」に入っていた私は、初めて「外」からそれを眺めることになったのだ。その時に感じた「外」からの視線は、実に冷ややかなものだった。「あれは何だろう」「なんかカラフルな旗を掲げているけど」「同性愛者の人たちのデモみたいよ」――ＬＧＢＴのことをよく知らないファン友たちがそう言っていた。私はただ聞いていた。

　ほとんど人の視界にすら入らないＴＲＰとは違い、シドニーのマルディ・グラは決して無視と無関心を許さないと言わんばかりの規模で展開される。公園に入ると、巨大なコンドームの形の風船に出くわす（これはＨＩＶ検査とセーファーセックスの啓発オブジェ）。街を歩くと、レインボーになっている横断歩道が目に入る。お金を下ろそうとする時でさえ、ＡＴＭの画面は女性同士がキスしている絵柄になっている。東京に住んでいてＴＲＰを知らない人はいくらでもいるだろうが、シドニーに住んでいてマルディ・グラを知らない人はいないのではないかと思われる。

　パレードは土曜日の夕方に始まる。その日、シドニーのゲイタウンであるオックスフォード・ストリートには午後から人がぞろぞろ集まってきた。ここがパレード会場なのだ。道路の両側にはスチールバリケードが設置されており、様々なレインボーグッズを売り歩く人も散見する。近くのマンションの住人もベランダにレインボー・フラッグを飾り、建物によっては外壁をレインボーの色に塗り替えている。すれ違う人たちはお互い笑顔で「ハッピー・マルディ・グラ」と挨拶を交わす。まるで「ハッピー・ニュー・イヤー」や「メリー・クリスマス」のような感覚で交わされるその言葉を、私は新鮮に感じた。日本や台湾では聞いたことがなかった。

　夕方になると、道路の両側は見物客でいっぱいになり、身動きが取れないほどだった。

パレードがよく見えるように、経験者はビールケースを持参してそれを踏み台にした。虹色の翼《つばさ》を背中につけたり、顔や腕に虹のタトゥーシールを貼ったり、レインボー・フラッグを手に持ったりなど、みんな何かしらレインボーの要素を身につけていた。武道館二十個分を余裕で埋め尽くすほどの大人数、見渡す限り、人、人、人——すごい、この人たちはみな仲間なのか？　総人口の五％ほどしかいないＬＧＢＴの人たちも、集まればこれほどの規模になるのか？

当然、そんなことはないだろう。私は自分に言い聞かせた。実際に確かめたわけではないが、この見物客たちにはシスジェンダーでヘテロセクシュアルな人が多く含まれているはずだ。にもかかわらず、彼らもこの祭典に参集している——物珍しさでやってきた人もたくさんいるだろうが、僅か五十年前にまだ病気や犯罪とされていた人たちのパレードを見るために、こんなに多くの人が集まっていることを考えると、とことん不思議な気持ちになる。これはディズニーランドのパレードではない。性的少数者のパレードなのだ。

欧米のプライドパレードには一つの伝統がある。レズビアンのバイク軍団「Dykes on Bikes」がパレードを先導するのだ。シドニーも例外ではない。夜七時になると、クラクションとエンジン音を轟《とどろ》かせるバイクの大群が道路の向こうから現れ、見物客から一斉に歓声が上がった。

パレードでは様々なフロートが歩いた。本当に様々なフロートだった——アムネスティのような国際組織や、ＬＧＢＴ支援団体、ＬＧＢＴフレンドリーな企業などはもちろん、障碍者、ユダヤ人、オランダ人、アイルランド人、カトリック教徒、ムスリム、無神論者など、様々な属性の人たちがフロートを結成して行進した。衝撃的だったのは、消防士や警察、軍人までもが制服を着用してパレードに参加し、消防車やパトカーも当たり前のように出動しているという点だ。これは東京では決して見られない光景である。東京のパレードでも警察の人を見かけるが、彼らはもっぱら秩序維持のため、つまり「パレード参加者」を「一般人」から隔離するために出動している。パレードの一員になることは決してないのだ。

ほかにも、レインボー・ファミリー――子どもを育てる同性パートナーの家族や、ＬＧＢＴの子どもを持つ家族など――の隊列もあった。トランスの子どもを守ろうと訴える隊列もあった。どんな隊列でも歓声と熱狂をもって歓迎され、大音量の音楽の中で華やかに行進した。七時に始まるパレードは、深夜まで続いた。

熱狂の渦中にいながらも、私は寂しさを拭えなかった。これは私のための、私のような人のための祭典だ――しかし、本当か？　二つの思いが胸中を去来するうちに、例の根源的な矛盾が幾度となく私を捉えた。

私は周りを見渡した。夜が深まるにつれ、人々の笑顔はより一層咲き誇った。彼らは歓声を上げながら「ハッピー・マルディ・グラ」と叫んだり、歌を合唱したり、あるいは行進する人たちと情熱的なハイタッチを交わしたりしている。そんな狂騒を見ていると、私はこの場の雰囲気に乗れないことを認めざるを得なかった。知っている人は誰もいない。それどころか、彼らが声を合わせて歌う曲――それは恐らくそこそこ有名な曲に違いない――すら、私は知らなかった。

結局のところ、私はただの観光客であり、この人たちの仲間になれやしない。「これは私のための祭典だ」という思い込みは、「世界中のＬＧＢＴはみな仲間」という、この上なく白々しく嘘《うそ》くさい虚構を信じた場合にのみ成立するのだ――そんな虚構は、「想像の共同体」たる国家よりも遥かに脆《もろ》く、吹けば飛ぶようなものである。

パレードが終わるのを待たずに、私は光と喧騒《けんそう》を後にし、夜の暗がりを背負いながらひとり帰途についた。華やかなパレードに覚えた確かな高揚感と、胸につかえる拭いがたい寂寥感とが意識の水面に交互に浮上した。私は泣きたくなった。もしもこの地に、あのレインボー・ファミリーの子どもとして生まれていたら、私の絶望はあるいは少し軽くなっていたのかもしれない。「あなたはここにいていいよ」「あなたは愛されてしかるべきだ」――そんなメッセージを私は全身で受け止めることができたのかもしれない。しかしひっきょう、私はそんな人生を歩んでいない。そんな事実を受け入れることができなければ、私は自身の出生を恨むしかなくなる。

二〇一六年三月に目に焼きついたマルディ・グラの光景が、私にとって救いになったかどうかはよく分からない。この地球にあんな場所が存在するのだと知ること自体、希望にはなったかもしれないが、それが自分の居場所ではないと悟ることは絶望に拍車をかけたのかもしれない。「世界中のＬＧＢＴはみな仲間」という虚構を、私は信じきることもできなければ、かといって完全に棄却することもできなかった。自分の存在を消したい、出生を否定したいという欲望を消化できないまま、私は日本へ帰り、就職した。会社に通いながら、決して解消できないそんな内なる矛盾をなんとか言葉にして吐き出し、小説にしてみた。

その小説が新人賞を受賞し、李琴峰《りことみ》という作家が誕生した。

3　再会、祝祭、中学生

二〇二三年二月、私は再びシドニーを訪れた。

七年ぶりのマルディ・グラだが、この七年の間に、実に色々なことが起こった。私は企業に就職し、退職した。作家になり、いくつか文学賞を取った。日本の永住権を手にし、安定した生活基盤を築いた。私と私の作品を愛してくれる多くの友人と仲間に恵まれ、支え合うパートナーも見つけた。著書の売れ行きを除けば、生活に大きな不安と不満はないと言える。七年前にバックパッカーとして一人でやってきた、まだ何者でもなかった頃の自分とは大違いだ。

もちろん、世界のほうもいくつかの災厄を経験した。疫病、世界的鎖国、戦争、軍事クーデター——そのうちのいくつかはまだ現在進行形だが、どこに行ってもワクチン接種証明や陰性証明が求められる閉塞感にまみれた状況は一応は終わったと言える。一方で、歴史的円安の波が襲ってきている。七年前に一オーストラリア・ドル対八〇円だったところが、今や（カード決済時の諸々《もろもろ》の手数料を勘定に入れれば）一〇〇円近くになっている。

二〇二三年のシドニー・マルディ・グラは「ワールド・プライド」として開催された。ワールド・プライドはＬＧＢＴの世界的祭典で、二年に一回、オリンピックのように開催都市を決める。これまでの開催地はほぼヨーロッパかアメリカの都市で、日本に近いタイムゾーンで開催されるのは今回が初めてだ（ちなみに、二〇二五年のワールド・プライドはもともと台湾の高雄《たかお》で開催される予定だった。実現すれば、東アジアでの初開催となる。しかし残念ながら、台湾での開催は結局叶《かな》わなくなった。具体的な理由は諸説あるが、台湾が独立した国として認められていないことが大きいらしい。中国からの圧力も示唆されている。いずれにしても、二〇二五年の開催都市はワシントンＤＣになった）。

二〇一六年にマルディ・グラのパレードを見て以来、いつかは沿道ではなく、実際に歩いてみたいとずっと思っていた。二〇二三年のマルディ・グラがワールド・プライドとして開催されることを知り、なんとかして行きたいねと友人に言うと、友人があるツアーを紹介してくれた。九州《きゅうしゅう》のLGBT支援団体「NPO法人カラフルチェンジラボ（CCラボ）」が主催するもので、日本から六十人くらい募ってシドニーへ渡り、日本を代表してパレードを歩くという趣旨の、四泊のツアーである。四泊は短いなとも思ったが、シドニーは二回目であり、前回行った時にめぼしい観光名所は一通り回ったので、それくらいでちょうどいいかもしれないと考え直し、私はツアーに申し込んだ。

それにしても、ツアーに参加するのはいつぶりだろう。羽田《はねだ》空港に集合した時、私はぼんやり考えた。成人して以来、私はパッケージ型のツアーというものに参加したことがない。大人数で集合して飛行機に乗り、現地の空港に着くとまた観光バスに乗り込み、決められた場所を決められた時間で回るという旅行の仕方が、私は好きではない。当たり前のことだが、人間は一人ひとり異なる物事に異なる価値を置いているので、どの場所にどれくらい時間をかけ、どれくらい丁寧に見たいかは人それぞれである。私は築地《つきじ》市場や両国国技館にはまったく興味がないが、宇治《うじ》市の源氏物語ミュージアムなら六時間いられるし、小樽《おたる》運河の幻想的な夜の風景はいつまでも眺めていられる。パッケージ型のツアーに参加すると、「ここはたいしたことないから二十分くらいが適当だ、ここは見どころがいっぱいあるから一時間かけてしっかり見るべし」という具合に、物事の価値と見方をあらかじめ決められ押しつけられているようで、あまり気持ちのいいことではない。それに、観光バスばかり乗っているといつまでも土地勘が摑《つか》めず、それでは本当の意味で一つの都市を知ることにはなるまい。

とはいえ、マルディ・グラのパレードを歩くためには一定の人数を集め、団体として事前に申し込まなければならない。これればかりは行き当たりばったりの孤独なバックパッカーにはどうしようもないことである。ツアーに参加するしかないのだ。コロナ禍が尾を引いている中、旅行に当たっての煩雑な注意事項をまとめてくれて、航空券やホテルや現地での移動手段を手配してくれる人がいるのも好都合である。それに、当時の私は連載を二本持っていたほか、かなり長い小説も進めていた最中だったので、とても自分で情報を集めて諸々手配する余裕がなかった。コロナ禍のせいで丸々三年間海外に行けていないので、海外一人旅のノウハウもだいぶ忘れていた。ツアーはいいリハビリになった。

飛行機は羽田空港からシドニー国際空港への直行便で、飛行時間は九時間、航空会社はオーストラリアのカンタス航空である。マルディ・グラに協賛し、パレードにもフロートを出しているカンタス航空だけのことはあって、機内エンターテインメントには「コメディ」「HBO」などと並び、なんと「WORLD PRIDE」のカテゴリーが設けられている。そこにはLGBT権利回復運動の歴史を紹介するドキュメンタリーや、LGBTを題材にしたドラマなどの映像作品が用意されている。

シドニー国際空港に着いたのは朝の早い時間帯だからか、今回はドラァグクイーンの出迎えがなかった。ただ、空港の壁に書いてある空港コード「SYD」はプログレス・プライド・カラーに彩られていた。

聞いた話では、ちょうど今年から、マルディ・グラの主催側は従来のレインボー・フラッグではなく、「プログレス・プライド・フラッグ」を公式フラッグとして採用したらしい。従来のレインボー・フラッグはLGBTと性の多様性を象徴する「赤・橙《だいだい》・黄・緑・青・紫」の六色の虹で構成されるが、「プログレス・プライド・フラッグ」はこれらに加え、有色人種を象徴する「黒・茶」と、トランスジェンダーを象徴する「水色・ピンク・白」を取り入れ、計十一色となった。これは従来のLGBTコミュニティの中でしばしば無視され周縁化されてきた有色人種とトランスジェンダーを顕彰するためである。また、追加された五色は右向きの矢印の形をしているが、これは「権利（right）への前進」を意味している。「プログレス・プライド・フラッグ」は二〇一八年にアメリカのデザイナー、ダニエル・クェーサーがデザインしたものであり、以降、世界中のLGBTコミュニティに広く使われるようになった。

飛行機の降り口の近くで集合して何かを待っていると（何を待っているかは分からないが、待つように指示されている。ツアーではそういうことが多い）、制服を着た日本人中学生の一団が横を通っていった。修学旅行だろうか。

「まさか、マルディ・グラに修学旅行?・」私はツアーの添乗員のSさんに訊《き》いた。彼は「CCラボ」のメンバーで、今回のツアーにおける私の唯一の知り合いである。

「どうだろう……マルディ・グラに修学旅行に来るなんて、随分先進的な学校だね」とSさんが言った。「修学旅行がたまたまマルディ・グラ期間と被っただけじゃない?」

私もSさんも、シドニーのマルディ・グラを見学するための修学旅行を実施する中学校が日本に存在するとは、とても信じられなかった。

「でも、わざわざこの時期にシドニーに来るかな? マルディ・グラがあることは少し調べれば分かるはずでは?」私は首を傾《かし》げた。

たとえマルディ・グラ目当てではなく「普通の」修学旅行だとしても、シドニーの都心に着き、街中に溢《あふ》れんばかりのレインボーの飾りを目の当たりにすれば、生徒たちは疑問に思うはずである。「これは何のイベントだろう」と。すると、引率の教師はなんて説明するのだろうか。街全体、国全体で盛り上げるこんなイベントにまったく触れず、無視し黙殺するほうがよほど不自然である。嫌でも説明するはずだ。

謎は数日後に解けた。シドニーの都心のホテルで、偶然あの中学生の一団と再び遭遇したのだ。どうやら関東にある英語の名門校で、生徒たちは英語研修でシドニーを訪れているらしい。やはりマルディ・グラとは関係がないのかと落胆したし、後日当該中学校のホームページにアクセスすると、こちらもマルディ・グラへの言及は一切なかった。

しかし、彼らが泊まっていたのは日本でもビジネス展開しているヨーロッパの大手ホテルグループだ。当然、マルディ・グラを応援する姿勢を強く打ち出している。ホテルのロビーのあちこちにレインボー・フラッグとプログレス・プライド・フラッグが飾ってあったのはもちろんのこと、壁一面のLEDスクリーンにもマルディ・グラ・パレードの景色が映し出されていた。大人たちがいくら言及を避けようとしても、生徒たちは毎日、あの鮮やかな光景を目に焼きつけていたことだろう。こんな世界があることを若いうちから知っていれば、それだけで救われる生徒も中にはいたはずだ。私はそう願っている。

4　オペラハウス、バックラッシュ、くまちゃん

シドニー国際空港を出ると観光バスに乗せられ、ホテルへ向かう暇もなく、一日目の行程が始まった。

これがツアーの不便なところである。一人旅なら、私はまずホテルにチェックインして、ひと息ついてから行動するだろう。荷物を預けたり、必要なものを取り出したり、身なりを整えたり、ゆっくり時間をかけて情報収集したり。それは一種の儀式のように思える。そのひと呼吸は、飛行機に搭乗していた長く退屈な移動時間と、現地で過ごす非日常的な時間とを分かつ仕切り塀として機能する。よし、これから旅を始めるぞ、未知を探索するぞ、という自分への合図でもある。

そんな儀式を通っていないから、観光バスに乗っている間中、私はずっと、このバスは

飛行機の延長線上にあるものだという錯覚にとらわれていた。まだ旅は本格的に始まっていないという思いがどこかにあった。何しろ、私は疲労困憊《ひろうこんぱい》していた。狭苦しいエコノミークラスの席に九時間座っていた（しかもツアーだから自分で席を選べず、真ん中の席に当たってしまったため両側の人の気配が気になり、それなりに気疲れしていた）し、その九時間の間に一睡もできなかった。シャワーは三十時間以上浴びていないので、前髪が脂っぽくなって額にみっともなくへばりついている。メイクはもちろんしていない。絶対に写真に写りたくない姿である。

七年前とは違い、今回私を出迎えたのは澄み渡る青空ではなく、気が滅入《めい》りそうな曇天だった。暗く厚い雲の層が低く垂れこめ、今にも頭上めがけて雪崩《なだ》れ込んできそうに見えた。現地のガイドさん（シドニー在住の日本人の中年女性）がマイクを握り、シドニーの雑学について饒舌《じょうぜつ》に解説していた。「シドニーではベランダに洗濯物を干してはいけない、干せば市長名で注意の手紙が届く」とか、「煙草《たばこ》は一箱二十五本で日本円にすると五千円もする」とか、「今のオーストラリアの最も額面の小さい通貨は五セントなので買い物をする時に現金で払うと値段は四捨五入されて得したり損したりする」とか、『ダブルベイ』という高級住宅街は現地の人たちに『ダブルペイ』と皮肉られている」とか。車窓の外に広がる、暗雲に覆われる街の景色を眺めながら、私はガイドさんの解説を聞くともなしに聞いていた。煙草も吸わないしベランダに洗濯物も干さないし高級住宅街とも無縁な私にとってそれらの情報はどうでもいいと言える。円安のせいもあってシドニーの物価と家賃が今や東京の二倍くらいになっていると聞いた時はさすがに閉口したのだけれど。

シドニー市内は丘が多く、バスが何度坂を上ったり下ったりしたかは数えきれない。昼ごろに、私たちはようやく最初の目的地「クージービーチ」に到着した。もちろんビーチで遊ぼうというわけではない。浜辺の階段がレインボーの色にペイントされているから、それを見に来たのだ。

ところが、バスを降りた途端、待ってましたとばかりにえんどう豆ほどの大粒の雨が降り出した。海辺は風が強く、雨はほぼ横殴り状態で叩《たた》きつけてくるから傘も用をなさない。しかも海に近づけば近づくほど風はさらに強くなり、灰色の波が黒雲の下で荒れ狂っているのは遠目でも分かる。おまけに寒い。夏なのに寒い。(空港のトイレで夏服に着替えたので)半袖のワンピース一枚しか着ておらず、羽織るものも持っていない私は外気に触れるとぶるぶる震えた。近くの芝生や、公衆トイレのオレンジ色の屋根の上では鳩《はと》の群れがご機嫌に飛び跳ねているが、羽を持っている彼らとは違い、私はつるつる肌の人間なので防寒機能に優れていない。一応上着は持ってきたが、それはスーツケースに入っており、そしてスーツケースは観光バスのトランクにしまっているから取り出すこともできない(これもツアーの不便なところだ)。これではとても浜辺には行けない。しかたなく、観光バスの中で大人しく出発を待った。

十代の頃、私は観光バスというものが苦手だった。観光バスのあの席の配列は、誰かとペアになることを自明視している。修学旅行などで観光バスに乗る時、私はいつも困っていた。私が先にどこかに着席すれば、十中八九、隣の席はいつまでも空いたままになるからだ。「皆さまどうぞご覧あそばせ、ここには友達がいない世にも可哀想《かわいそう》なぼっちちゃんがたった一人きりで座っているのでございます！」――ぽっかり空いたその席が最も具現化した形で私の孤独を世界中に見せつけているようで、そして私自身がさらし者にされているようで、それが恥ずかしくていたたまれなかった。かといって、自分から誰かの隣に座る勇気が私にはなかった。

さすがにそんなナイーブでおセンチな自意識は、三十を過ぎた今はもう持ち合わせていない。一人で二人分の席が使えるなんて上々じゃないか。一匹狼《おおかみ》的な行動に慣れている今ではそう思えるようになったのだから、我ながら随分図太くなったものだ。しかしそう思えるようになったのは、一つには「自分の存在意義はそんな些細《ささい》なことで否定されるようなものではない」という確かな自信がついたからだと思われる。

今回のツアーで観光バスに乗る時、私はいつも一人で窓側の席に座っていた。にもかかわらず、十代の時のような寂しさや心細さを少しも覚えなかったのは、「隣の席が空いているからといって自分は決して独りではなく、仲間はどこかにいる」という確信が持てたからだ。そしてそういう確信は明らかにＬＧＢＴコミュニティの連帯感から来るものだった。

私の確信は外れなかった。バスが次の目的地、オペラハウスへ向かう途中、ツアー参加者の自己紹介の時間があったのだが、そこで、お互いのことを知ってはいるが会ったことがない鈴木げんさんも同じバスに乗っていることに気づいた。

げんさんを知っているのは、彼が「オペなしで!戸籍上も『俺』になりたい裁判（通称『俺裁判』）」の原告だからだ。私は裁判のチラシを見たことがある。トランス男性のげんさんは出生時に女性に割り当てられたが、性自認《ジェンダー・アイデンティティ》は男性であり、乳房切除・男性型胸郭形成術など（いわゆる「胸オペ」）とホルモン療法を経て、今は男性として生活している。しかし卵巣と子宮の摘出手術をしていないし、そういった手術も望まない彼は、「性同一性障害特例法」に定められた性別変更要件を満たしていないため、今でも戸籍上の性別が「女性」のままになっている。戸籍上の性別変更を申し立てるために彼が起こした裁判が、「俺裁判」である。

正直、見た目についてだけ言えば、げんさんを見た百人のうち、百二十人は男性だと思うに違いない。筋肉質な体つき、暗めの肌色、刈り上げの髪型、そして髭《ひげ》の剃《そ》り跡《あと》、そんな風貌を見てもなお彼のことを執拗《しつよう》に「女性」呼ばわりする人は、愚かで決定的な間違いをしているとしか言いようがない。にもかかわらず、身分証明書に記載されている「女」

というたったの一文字だけで、彼は様々な不便を強いられている。[*1]

例えば、彼はパートナーの女性、國井良子《くにいりようこ》さんと結婚できないでいる。げんさんと良子さんは、傍目《はため》からは男女カップルにしか見えないが、二人とも「戸籍上女性」であるがゆえに、同性婚が認められていない日本では結婚ができないのだ。彼らを見ると、同性婚は同性愛者だけの問題ではないことがよく分かる。

良子さんもシドニーに来ている。ほかにも「俺裁判」弁護団の一員である水谷陽子《みずたにようこ》弁護士と、げんさんの友人の梶原千恵美《かじわらちえみ》さんも一緒にいる。四人は普段から仲が良く、今回一緒にツアーに申し込んだという。

また、陽子さんは同性婚を求める訴訟「結婚の自由をすべての人に（通称『けじすべ訴訟』）」弁護団の一員でもある。二〇一九年二月十四日、同性婚法制化を求める原告団は札幌、東京、名古屋、大阪の四都市で、国を相手取って一斉に国家賠償請求訴訟を起こし、同年九月には福岡も加わり、計五都市で同種の訴訟が審理されることになった。陽子さんは名古屋裁判の弁護団に入っている。ちなみに、これらの裁判のうち、二〇二一年三月には札幌地裁が、二〇二二年六月には大阪地裁が、同年十一月には東京地裁がそれぞれ判決を下している。「同性婚ができない現行の規定」について、札幌地裁は「憲法十四条一項に違反する」とし、東京地裁は「憲法二十四条二項に違反する状態にある」とした。大阪地裁だけ、違憲も違憲状態も認めなかった。[*2]

私はげんさんたちとは初対面だが、共通の知人がたくさんいて、共通の話題もあるのですぐ仲良くなった。げんさんは私の小説『ポラリスが降り注ぐ夜』を読んだことがあるというので、それも嬉《うれ》しかった。

バスはオペラハウス前で止まり、ここで各自昼食を取ることになっている。私はげんさんたちと行動をともにした。

「あ！　レインボーの傘だ！」

バスを降りると、げんさんは道端のお土産ショップの店頭で売られている折り畳み傘に気づいた。傘の布が六色の虹になっているのだ。マルディ・グラ期間中のシドニーでは、実に様々なレインボーの商品が至るところで売られている。

「ほんとだ！　可愛《かわい》い！」と良子さんも言った。五人はそのままお土産ショップに入り、しばらく商品を物色した。私とげんさんはそれぞれレインボーの傘を購入した。後日、その傘をさして街を歩いていると知らない白人男性に「綺麗な傘だね！　どこで買ったの？」と訊かれ、「これは文字通りどこでも売ってるよ」と答えた。

雨はいつの間にか止《や》んでおり、オペラハウスの真っ白な屋根は雲間から漏れる陽射しを受けてきらきら光っていた。それを見てようやく、旅が始まったという実感が湧いた。

＊1　二〇二三年十月、静岡家庭裁判所浜松支部はげんさんの性別変更を認めた。
＊2　その後、各地裁・高裁から続々と違憲または違憲状態の判決が下された。

シドニー・オペラハウスの地下一階では、海に臨むテラス席のあるレストランとカフェが軒を連ね、人々は碧《あお》い海を眺めながら優雅に食事を取ったりお茶したりしている。七年前に来た時も、美しい世界遺産のすぐ近くでのどかに過ごすひと時には憧れを覚えたが、高い食事を頼めないので断念した（あの時はとにかくお金がなかったので、特に食費はぎりぎりまで切り詰めていた）。

今だって決して裕福というわけにはいかないが、食事くらいはできる。げんさんたちと一緒にレストランで着席した時、本当にこの七年間で色々あったなと改めて噛《か》みしめた。

日本の多くのレストランと同じように、私たちが入ったレストランもQRコードをスキャンしてオンラインで注文する形式になっている。シドニー在住の千恵美さんがまとめて注文してくれた。マルディ・グラ限定のカクテルもあるから四人はそちらを頼み、お酒があまり好きではない私はコーラにした。

食事を待っている間、陽子さんはかばんからおもむろに熊の縫いぐるみを取り出し、いきなりスマホで撮影し始めた。熊がメニューを読み込んでいるような絵を撮っているのだ。

「えっ？　何をしているんですか？」あまりにも唐突なので、私は訊いてみた。というか、海外旅行をしているのに縫いぐるみを持ち歩いているのか。

「これはマリフォーくまちゃんだよー。名前はマックって言うんだ」と陽子さんが言った。

答えになっていないが、よく見たらその熊の縫いぐるみは「けじすべ訴訟」のロゴが縫い取りしてある赤いＴシャツを着ている。その小さなＴシャツは陽子さんの事務所の事務員の手作りだという。「マリフォー」は「Marrige for All Japan」の略である。

　要するにこういうことである。近年、ＳＮＳ上ではＬＧＢＴ、とりわけトランスジェンダーへの差別言説《ヘイトスピーチ》が激化しているので、みんなどこか殺伐《さつばつ》としている。そこで「けじすべ訴訟」の弁護団は「みんなの気持ちを和ませる」ために、マスコットとして「マリフォーくまちゃん」と「マリフォーうさちゃん」を作った。今回のシドニーツアーも、陽子さんが縫いぐるみの写真をＳＮＳにアップロードしながら現地レポートをする役目を担っている。面白い発想だ。

「マスコットだけじゃないくま。くまちゃんは弁護団の団長だくま」

　陽子さんはくまちゃんの姿勢を微調整しながら、くまちゃんになりきってそう言った。そのくまちゃんは「俺裁判」の弁護団長も兼務しているらしい。「差別者《ヘイター》から『団長を出せ』とケチをつけられたら、団長はくまちゃんだよって言うようにしてるくま」

　どこまで本気なのかは分からないが、確かに近年、反ＬＧＢＴのバックラッシュには深刻なものがある。二〇一三年以降、日本でもＬＧＢＴの可視化が進み、数年以内に同性パートナーシップ制度が各自治体で広がり、同性婚の可否も選挙のたびに話題になった。雑誌「すばる」「現代思想」がＬＧＢＴ特集を組んだのも、大手企業が次々と多様性《ダイバーシティ》の尊重を掲げるようになったのもこの流れを受けてのことである。当然、作用と反作用の法則によって、あらゆる進歩の流れは必ずバックラッシュを招く。それ以降、とりわけ保守系論客や自民党保守派議員からは「LGBTには生産性がない」だとか、「同性愛が広まれば足立区《あだち》は滅びる」だとか、「LGBTばかりになったら国がつぶれる」だとか、「LGBTの権利を尊重するなら痴漢の触る権利も尊重すべき」だとか、「同性婚は気持ち悪い」だとか、実に目が回るほどの差別言説と妄言愚説がしばしば目につくようになった（それらの言葉を吐いた人たちはみな時空の狭間にでも飲み込まれて異世界でスライムに転生するといい）。二〇一五年に渋谷区で日本初の同性パートナーシップ証明制度が成立しようとした時も、反同性愛デモが行われ、同性愛差別的なビラがばら撒《ま》かれた。

私たちがシドニーに旅立つ前の、二月上旬のこと。当時の首相秘書官・荒井勝喜《あらいまさよし》がLGBTと同性婚を念頭に「隣に住んでいたら嫌だ、見るのも嫌だ」という超弩級《どきゅう》の差別発言をかまし、更迭された。LGBT関連で「差別発言→撤回・謝罪→更迭」の最速記録を見事樹立したのではないかと思われる。それがきっかけで、二〇二一年に議論され、自民党保守派の反対によって葬られた「LGBT理解増進法」を作ろうという気運が再び高まり、支持派と反対派の攻防が繰り広げられることとなった。

日本にもともと存在していたこれらの根強い保守勢力とは別に、もう一つ、欧米発祥の反LGBTの勢力が近年猛威を振るうようになった。きっかけは二〇一五年、アメリカ全土で同性婚が認められたことである。それまで同性婚に反対していた反ＬＧＢＴの保守右派・宗教右派の勢力は、同性婚を覆す見込みを失うと、今度はトランスジェンダーを攻撃の標的に定めたのだ。二〇一七年、超保守派のトランプ政権の発足が、その動きをさらに勢いづかせた。

二〇一七年十月、ワシントンＤＣで開かれた保守・宗教右派の集会で、保守活動家メグ・キルガノンは大っぴらにこう語った。「近年、ＬＧＢＴの運動は成功を収めているが、そのわりにＬＧＢＴの連帯は実際にはもろいものだ」「トランスと性自認《ジェンダー・アイデンティティ》は世間に受け入れられにくいから、分断し制圧するためには、性自認に焦点を絞ろう」「Ｔを切り離せば、私たちはもっと成功するはずだ」

キルガノンの言葉通り、二〇一六年以降、トランスをやり玉にあげ、恐怖を扇動することでＬＧＢＴ全体の権利に反対するという戦略は、欧米における反ＬＧＢＴ運動の既定路線となった。この戦略の特徴は、トランスの権利回復運動を「女性と子どもの安全を脅かす過激な運動」として描写する点にある。自らの差別キャンペーンを正当化するために、彼らは「トランスジェンダリズム」「性自認至上主義」といった架空の思想運動をでっち上げた。彼らからすれば、トランス差別に抵抗するありとあらゆる動きがことごとく「トランスジェンダリズム」なる過激な思想運動の産物なのだから、どこまでも便利かつ万能なわら人形である。このように世界的な反トランスの流れが作り上げられていき、そこに一部の、もとよりトランス女性に敵意を抱いていたフェミニストの人たちも加わった。

反トランスの流れが日本に上陸したのは二〇一八年、お茶の水女子大学がトランスの学生を受け入れる方針を発表したことがきっかけである。以来、日本でも反トランス運動が勢いづき、とりわけ匿名性の高いＳＮＳでは差別言説が横行した。日本の差別者は欧米の差別言説をいち早く日本語に翻訳し、拡散した。「どこどこの国でこんな恐ろしい事件が起こっているのだからトランスは暴力的な怖い人たちだ、彼らの権利を絶対に認めてはならない」というふうに、ごく一部の極端事例ばかり喧伝《けんでん》して、「集団としてのトランス」への恐怖と反感を煽《あお》るのだ。盛んに拡散されるそれらの情報には事実もあるが、事実をベースに誇張の調味料を振りかけ、隠し味としてデマと陰謀論を加えて混ぜ混ぜ、という具合の代物も少なくない。

はっきり言って、それまでトランスの人たちの存在と生活にまったく興味も関心もなかったくせに、二〇一八年以降に急に目覚めて「トランス問題／トランスジェンダリズム／性自認至上主義がヤバい！」などと言い出した人は、大抵この流れで扇動された人たちである。

しかしやがて、この反トランスの流れは、旧来の反ＬＧＢＴの保守勢力と結びつき、地方政治や国政に影響を及ぼす力を持つに至った。それは陽子さんたち「けじすべ訴訟」や「俺裁判」の弁護団にとっては無視できない逆風である。

「でも、シドニーはほんとにすごいね。これだけ街全体で盛り上げていて」

初めてマルディ・グラに来たという良子さんは感慨深そうにつぶやいた。道路のあちこちに「ワールド・プライド」の幟《のぼり》がはためく情景に感じ入ったらしい。「ヘイターはいないのかな？」

「見えないだけで、やっぱりいるんじゃない？」と千恵美さんが言った。

間もなく食事と飲み物が運ばれてきた。マルディ・グラ限定のカクテルには何種類かあって、虹を模したグラデーションのものもあれば、シドニーの海のような碧いカクテルに、オペラハウスの形を真似《まね》たスライスレモンを添えたものもあって、どれも見とれるほど美しい。食事しながら、話題は今回のツアーに及んだ。

「皆さんは振付、練習しましたか？」私は四人に訊いた。パレードは踊りながら行進することになっている。

「してない。私たちは『ジェンダー・フリー・ジャパニーズ』のほうで歩くから、琴峰さんとはフロートが別なんです」と良子さんが説明した。

要するにこういうことである。今回、「CCラボ」がパレードに申し込むにあたり、シドニーにある「ジェンダー・フリー・ジャパニーズ（GFJ）」と「大家族フォーサイス家」に助力を仰いだ。前者はシドニー在住の日本人トランス男性とそのパートナーが立ち上げたLGBT団体で、後者は「日本とオーストラリアの架け橋」を目指す日豪ミックスの大家族のYouTuberである。「CCラボ」のフロートとは別に、「GFJ」も独自のフロートを出す予定である。「CCラボ」のフロートでは、日本からのチームであることを強調するために、浴衣などの和装をドレスコードにすると事前にアナウンスしていた（結局全員和装のハードルが高いからか、あとになってやめた）。それがげんさんたちにとってはNGポイントだった。だから彼らは「GFJ」のほうのフロートで歩くことにした。

「和装はだいたい男女ではっきり分かれているから、選びにくいんだよね」

と陽子さんが言った。いきなりくまちゃんの縫いぐるみの写真を撮り出す行動は不思議ちゃんぽかったけれど、当たり前のことだが、会話する時はとても普通に喋《しゃべ》る。

「そういうツアーだから、そこらへんもうちょっと気をつけてほしいんだよね」とげんさんがつぶやく。

「空港で集合する時、スーツケース用の荷札を配ってたじゃない？　その『ミス』とか『ミスター』の表記はアウティングにつながるから、マジでやめてほしい」と良子さんが付け加えた。

確かに、げんさんの状況だと男性なのに「ミス」と表記されることになるから、不快なだけでなく、アウティングにもなる。私も、荷札にはパスポート通りの本名が記載されていたから、それを見られたくなくて、結局荷札は使わなかった。

昼食後、観光バスは再び出発し、ハーバーブリッジを通って、ミルソンズポイントという見晴らしのいい場所で止まった。ここで集合写真を撮るらしい。写真に写っていい状態ではないので、私は集団を離れ、一人でハーバーブリッジをぼんやり眺めた。シドニーのランドマークの一つであるハーバーブリッジの最も高いところに二本の旗が立っており、片方はオーストラリアの国旗、もう片方は赤と黒の地に黄色い円を配した旗だった。それはオーストラリアの先住民、アボリジナルの旗である。

橋を眺めていると、ツアー参加者の一人に話しかけられた。福岡にある筑紫《ちくし》女学園大学で教えているA先生であり、以前学会で講演した時に一度会ったことがある。A先生によると、今回筑紫からは四人の先生が十四人の学生を引率し、計十八人でツアーに参加しているという。学生たちはダイバーシティ関連授業の履修生で、今回のツアーは授業の一環であり、単位にもなるらしい。道理でツアー参加者に女子大学生が多いわけだと合点したのと同時に、先進的な取り組みをしている大学が増えているのだなと感心した。

今回のツアー参加者の構成が見えてきた。私のようなぼっち参加者は少数派で、ほかの参加者はどうやら「筑紫女学園大学関係者」「CCラボ関係者（主に代表理事・三浦暢久《みうらのぶひさ》さんの知り合い）」「『大家族フォーサイス家』のファン」に大別できるらしい。普通に生活していれば会うことのなかった人たちと出会えるのが、ツアーの数少ない楽しみの一つである。

5　合唱、追悼、諧謔《かいぎゃく》

海外旅行に行くと、日本のホテルがどれくらい至れり尽くせりかを思い知らされる。カプセルやホステルなどを別にすれば、そこまで高級ではない平均的なところでも、必要なものは一通り揃《そろ》っているし、そこそこ綺麗である（少なくとも清潔感は出している）。海外だとそういうわけにはいかない。私たちが泊まったのは決して高級ホテルではないが、平均的なレベルではある。宿泊代だって決して安くはない。にもかかわらず、色々なものがない。

まずスリッパがない。高級ホテルならいざ知らず、欧米の並のホテルは大抵スリッパを提供していない。これは不可解である。使い捨てのスリッパはたいして高くはないはずなのに、なんで提供しないのだろう。数え切れない先客が土足で踏みつけたり、飲み物をこぼしたり、あるいは夏場になるとゴキブリが這《は》っていったりしたかもしれないカーペット張りの床の上を、平均的な欧米人の観光客は裸足《はだし》で歩いても平気だというのだろうか。

スリッパがないことは想定していたので、日本から持っていった。シャンプーはあるがコンディショナーがないのも想定済みで、こちらも持参した。トイレットペーパーはトイレについている一ロールしかなく、なくなりそうになったら都度フロントに行って「トイレットロールをもらっても？」と言って、追加の一ロールをもらうシステムである。面倒くさいけど一応もらえるから、これはまあいい。何より不可解なのは、部屋にはティッシュペーパーがないという点である。

ティッシュペーパーというのは、普通に生きていれば誰でも毎日いくらかは使うものであるはずだ。そして当然のことながら、決して高価なものではない。バックパッカー向けの安宿ならいざ知らず、平均的なホテルが提供しない理由は今ひとつ思いつかない。さすがに部屋担当がミスしたのではと思い、フロントで「ティッシュボックスはないんですか？」と訊いてみた。すると係の人が「ノー」と答え、そして申し訳なさそうな表情でこう付け加えた。「私どもはご提供しておりませんが、ホテルの近くにはスーパーがありますので、そこでご購入いただけます」

それなら、そこのスーパーで必要な分を買ってきて各部屋に一箱ずつ置いたら、このような問い合わせもなくなる（ティッシュがないことで困っているのは私だけとは思えない）し、宿泊客にとって調達の手間が省けるし、ホテル側にとってもたいしたコストにはならないと思うのだが、なぜそれをしない？　などとフロントの人に言ってもしょうがないと観念し、大人しくスーパーで買ってきた。五個入りのパックではなく一個ずつのバラ売りのもの（何しろこちらは四泊だけなので買いすぎても困る）を見つけるのにそれなりに苦労した。

夜の行程までにシャワーを浴びておこうと思っていたが、このように必要なものを整えているうちに時間がなくなってしまった。夕方六時になるとホテルのロビーに集合し、約二十人で市庁舎へ出発した。

マルディ・グラ期間中はシドニーのあちこちで数百に上る関連イベントが開催されるが、シドニー市庁舎で行われる合唱フェスティバル「Out & Loud & Proud」もその一つである。世界各国からＬＧＢＴ当事者と支援者による合唱団が一堂に会し、パフォーマンスを行うことになっている。ブリスベンの「Brisbane Pride Choir」や、シドニーの「Sydney Gay & Lesbian Choir」、アメリカの「GALA Choruses」など、ＬＧＢＴ人権先進国ではそうした合唱団が数多く存在し、普段から精力的な活動を展開しているらしい。今年はこのフェスティバルに参加するために、東京でも混声合唱団「Pride Choir Tokyo」が結成され、シドニーに渡っている。私の友人も何人かこの合唱団に参加しているので、聴きに行かないわけにはいくまい。

地下鉄市庁舎駅を出た瞬間、懐かしい気持ちが記憶の底からふつふつと湧いてきた。ここがシドニーの中心部であり、オーストラリア最古の公園ハイド・パークも、建築が壮麗なショッピングモール「クイーン・ビクトリア・ビルディング（ＱＶＢ）」も、シドニー・タワー・アイも、セント・アンドリュース大聖堂も全て徒歩圏内にある。七年前に来た時、私は市庁舎から徒歩十分のバックパッカーズに泊まっていた。あのとき市庁舎の屋根に掲げられていたのはレインボー・フラッグだったが、今年はちゃんとプログレス・プライド・フラッグになっている。

市庁舎に入るとまずは広いホールがあり、壁も天井もレインボー色にライトアップされていて、天井の中央からは華麗なシャンデリアがぶら下がっている。コンサート開始前なので一部の観客はホールにたむろしており、スタッフたちはコンサートのグッズやドリンクを売っていて、アルコール類も販売されている。お酒を飲みながらコンサートを聴いても大丈夫らしい。

ホールを通り抜け会場に入ると、そこもまた美しい空間だった。華やかな装飾が施してある白亜の壁も二階席まで吹き抜けの高い天井もやはりレインボー色にライトアップされているが、目を引くのはステージの奥に鎮座しているパイプオルガンである。日本ではなかなか見る機会の少ないパイプオルガンがそこにあるだけで荘厳な雰囲気を醸し出しているが、そのパイプオルガンもレインボー色にライトアップされており、床から天井に向かって赤から紫へとグラデーションしていく。神性と祝福を具現化しているかのような美しい佇《たたず》まいに圧倒され、私はしばし見とれた。

すると、斜め後ろの二階席の方角から「ことちゃん！」と私を呼ぶ声がし、振り向くと、「Pride Choir Tokyo」に参加している友人のはみーさんが二階席から私に手を振っている。彼女は合唱団のほかのメンバーと一緒に二階の出演者席に座っている。練習のしすぎだろうか、心なしか声が嗄《しゃが》れている。

合唱団メンバーは、私が参加するツアーよりも一週間ほど早くシドニー入りし、この一週間は毎日のように練習したり、ポップアップ・パフォーマンスをしたりしている。この日は私にとっては旅行の初日だが、彼らには本番の日である。

二階に上がり、知り合いの合唱団メンバーに挨拶する。合唱団の団長・指揮は同性婚訴訟東京二次訴訟の原告の山縣真矢《やまがたしんや》さんであり、メンバーには新宿のLGBT常設施設「プライドハウス東京」の共同代表（四月就任）の五十嵐《いがらし》ゆりさんもいる。二人とも数年間の付き合いのある友人だが、このようにシドニーの地で再会すると妙に浮遊感を伴うような、不思議な気持ちになる。近くで話すと分かるのだが、はみーさんの声の嗄れ具合は「心なしか」というレベルのものではない。風邪が重症化し、完全に喉をやられている時の声だ。彼女の絞り出すような声を聞いているとこちらまで喉が痒《かゆ》くなるが、本人は「痛くはない」と言い張る。

自分の席につくと、間もなくコンサートが始まった。出演者たちはぞろぞろ壇上に上がり、あっという間にステージを埋め尽くした。彼らはレインボー色のTシャツを着たり、トランスジェンダー・カラーのマフラーを首に巻いたりして、とてもカラフルだった。

曲が始まる前に、主催側か関係者とおぼしき人たちが壇上に上がり、聴衆に向かって何か宣言めいたことをのたまった。その口調は運動会の選手宣誓か法廷の証人の宣誓を思わせる物々しさがあるが、肝心な内容は聞き取れなかった。恐らく開会の挨拶か何かだろうと思い、私は気にしなかった。

挨拶のあと、一曲目が始まった。それは全出演者による大合唱で、四百人あまりの歌い手が一つになって曲を歌い上げた。コロナ禍がまだ尾を引いている中で渡航が必ずしも容易ではない国もあるが、それでもアメリカや東ティモールなどの国から人が集まっていた。出身も言語も文化も人種も宗教的背景も異なる人たちが、ただLGBT当事者かアライであるという共通点だけで一堂に会し、声を合わせて同じ歌を歌っているその光景はなかなか感動的である。

全体大合唱のあとは各合唱団のパフォーマンスだが、こちらも楽しかった。というのも、多くの合唱団はただ歌を歌うだけでなく、笑いを取るような演出もちょこちょこ挟んでくるので飽きないからだ。上演された曲は厳かな追悼曲から皮肉っぽいユーモラスな曲までと幅広いが、クィアな要素が入っている曲が多い。私は洋楽に疎いし歌の良しあしもよく分からないので、印象に残ったのは主に歌詞のほうだった。

例えば、GALA Chorusesが歌った「Say Her Name（彼女の名を呼ぼう）」という曲。

Say her name. Say her name. Say her name.
She cannot be forgotten by us.

Say her name. Say her name. Say her name. Say her name.

何度も何度も沈痛にリフレインされる「Say her name」というフレーズが特徴的なこの曲は、警察の暴力によって殺された黒人女性を追悼するために作られたものである。曲の合間に、歌い手が一人ずつ前へ出て、一つの名前を読み上げるというパフォーマンスが挟まれている。それらの名前を私は知らないが、パンフレットから察するに、それは過去一年間に殺されたトランスジェンダーの人たちの名前ではないかと思われる。

世界的な反トランスの波が激化する中で、分かっているだけで毎年三百~四百人のトランスが殺されている（もちろん、この世界の大抵の殺人事件は被害者がトランスかどうかがそもそも発表されていないから、実際の数字はこれよりかなりひどいと思われる）。トランスの人たちの中ではとりわけトランス女性が、トランス女性の中ではとりわけ有色人種が、有色人種のトランス女性の中ではとりわけセックスワーカーが危険な立場に置かれている。実際、殺されたトランスの人たちのうち、九〇%以上がトランス女性（またはフェミニンな表現をする人）で、半数以上が有色人種のセックスワーカーである。

私がシドニーに旅立ったのとまさに同じ月、二月十一日に、イングランド北西部で、一人のトランスの少女、ブリアナ・ゲイが殺害された。たった十六歳の彼女は、身体に複数の刺し傷がある状態で通行人に発見された。事件は憎悪犯罪《ヘイトクライム》である可能性が高いとの見方が出ている。SNS上で拡散された、咲き誇る花のように明るく笑っている少女の生前の写真を見ると、本当に胸が痛む。しかしあろうことか、イギリスの一部の保守メディア、そしてネット上の差別者たちが、少女の死後でも執拗に彼女を「少年」呼ばわりし（これは「ミスジェンダリング」という）、さらには彼女が使わなくなった昔の男性名を公表した（これは「デッドネーミング」という）。殺害されてもなおこのように尊厳を奪われ続けるというのが、この時代におけるトランスジェンダーの現状《リアル》である。

コンサートで歌い上げられた「Say Her Name」にブリアナ・ゲイの名前が含まれていたかどうかは分からない（英語が聞き取れない）が、この曲は私に少女の悲劇を思い出させた。

このようなシリアスな曲がある一方、軽やかでユーモラスな曲もある。例えば「Influenced by Queers」という曲。歌詞を抜粋して和訳しよう。

——彼らはテレビにもラジオにも雑誌にも出てくるし、ほんとに逃げ場がないわね。人さまが鍵のかかった寝室の中で何をしようと知ったことじゃないけど（中略）私は自分の子どもがクィアの人たちに影響されるのが嫌なの！

——じゃシスティーナ礼拝堂の天井を剝がしたら？『モナ・リザ』や『ピエタ』を壊したら？　チャイコフスキーのレコードを全部粉々にするといいわね。『アラビアのロレンス』も知らせないほうがいいし、マレーネ・ディートリヒ、グレタ・ガルボ、ダーク・ボガードやドリス・デイの映画も見せないことね。

寛容を装う差別の偽善を喝破する、実に気持ちのいい諧謔である。

欧米の合唱団と比べ、日本の「Pride Choir Tokyo」は人数も少なく、パフォーマンスもあまり入れていないから、だいぶ大人しい印象を受ける。長く活動しているほかの合唱団とは違い、日本の合唱団はこのコンサートに出るために急遽《きゅうきょ》結成したもので、練習時間が限られる中でなんとか形にしたのだから、しかたないと言える。歌ったのは「やさしさに包まれたなら」と「島唄」で、恐らくクィア的なメッセージ性よりも曲の知名度と日本っぽさを重視したのではないかと思われる。団員の中には三線奏者がいて、ステージ上で三線を演奏した。

後で聞いた話だが、三線をオーストラリアに持ち込む時に（蛇皮が使われているから）税関で引っかかったらしい。もちろん必要な手続きは済ませているのだが、それでもプレゼント用ではないかと疑われ（三線を現地の人にプレゼントするのは違法である）、奏者は小部屋に連れていかれた。「プレゼントじゃない。パフォーマンスをするためなんです」と奏者が弁明すると、「じゃあなたは弾けるよね？　ここで弾いてみろ」と言われた。しかたなく奏者は演奏を披露した。それでようやく話を信じてもらえて、解放してもらったという。なかなか大変である。

コンサートは夜十時まで続いたが、ほとんど寝ていない状態でさすがに体力的にきついので、私は日本の合唱団の歌が終わった後、九時前に会場を後にした。駅へ向かう途中、市庁舎を一度振り返った。

鮮やかにライトアップされた市庁舎の屋根で、プログレス・プライド・フラッグが夜風にはためいていた。

6　写真と碑文、土地の確認、日本滅亡

前日の陰鬱な曇天が嘘だったみたいに、ボンダイビーチには真っ白な陽光が惜しみなく降り注いでいた。

インドア人間の私はおよそ海やビーチといった陽キャの集い場とは無縁な人生を歩んできた。ではなぜまた「サザンビーチの王様」との異名を持つほどの人気観光地へやってきたのかというと、これはオプショナルツアーの一環だからだ。

今回のツアーにはいくつかオプショナルツアーがある。シドニー市内のＬＧＢＴゆかりの名所を回り、現地企業を見学するというのがその一つである。一般観光客にはあまり知られていないが、ボンダイビーチは「ＬＧＢＴゆかりの名所」の一つなのだ。

観光バスを降りると、オレンジの屋根に真っ白な外壁の「ボンダイ・パビリオン」が眼前に聳《そび》え立っており、いかにもここはリゾート地ですという風貌をしている。パビリオンの入口には例によってプログレス・プライド・フラッグがかかっており、レインボー柄のPバナーも設置してある。パビリオンを通り抜けると風光明媚《ふうこうめいび》なビーチが広がっている。人気リゾート地に来たからにはいっぱい泳いでやろうと意気込むツアー参加者は水着に着替え、早々に海へ入っていったが、水遊びに興味がない私は海岸でうろうろしていた（だいたい、人類は気が遠くなるほどの進化を経てようやく陸に上がったのだから、喜んでまた海へ入ろうとする人の気が知れない）。海岸沿いの壁には鮮やかな壁画がたくさん並んでおり、虹の絵、プログレス・プライド・フラッグの絵、トランスジェンダー・フラッグの絵など、実に色とりどりだった。二〇〇二年十月に起こったバリ島爆弾テロで亡くなったオーストラリア人を追悼する絵もあった。

パビリオンの展示室で写真展が開催されていることに気づき、一緒に見に行こうと私はげんさんたちに声をかけた。展示室の外の立て看板には〈オーストラリア・クィア・アーカイブ：一九七八年に始まったオーストラリアのクィアすぎる歴史を集め、保存し、祝おう〉とあるので、オーストラリアのクィア・コミュニティの歴史保存プロジェクトの一環であることが分かる。

展示室には係の人がいなくて、誰でも無料で見学できるらしい。写真展のタイトルは

「The Air Is Electric」、展示されているのはオーストラリア出身の芸術家、デザイナー、そして同性愛活動家デイビッド・マクディアミッド（David McDiarmid）が一九七〇年代にアメリカで撮影した一連の写真である。

マクディアミッドは一九五二年にホバートで生まれ、子ども時代に家族と一緒にメルボルンに引っ越し、成人後に恋人を連れてシドニーに移住した。彼はオーストラリア史上で初めて同性愛関連の抗議行動で逮捕された活動家でもある。一九七二年、オーストラリア放送協会（ＡＢＣ）はテレビ番組でゲイ解放運動の映像を放送する予定だったが、その予定が急にキャンセルされた。放送中止に抗議する人たちはＡＢＣ本社の外に集まり、抗議行動の最中、マクディアミッドは「不適切な言葉遣い」のかどで逮捕された。それでも彼は運動から身を引かなかった。一九七八年六月、シドニーでは同性愛者による抗議デモが開催され、彼も参加した。その抗議デモが初回マルディ・グラとなった。

一九七七年、マクディアミッドはアメリカへ赴き、サンフランシスコからロサンゼルス、ニューヨークなど各地を旅して回った。それはまさしくアメリカで同性愛者権利回復運動が白熱化し、リベラル派と保守派が激しく衝突していた時期だった。とりわけニューヨークでの見聞がマクディアミッドに衝撃を与えた。友人に宛てた書簡の中で、彼はこう書いた。〈ここの空気は緊迫している。歩道は魔術的である。人々はただただ、熱狂的である〉。アメリカへの旅はこの若き芸術家にとって何物にも代えがたい糧となり、彼により多くの知恵と勇気をもたらした。一九九五年に逝去するまで、彼は創作活動の傍ら、同性愛者の権利回復運動やエイズ関連の啓発活動に精力を注いだ。

「空気が緊迫している（The air is electric）」という一文をタイトルに取ったこの写真展は、マクディアミッドが記録した七〇年代末のアメリカの光景を展示している。路上で活動するドラァグクイーンと、示威行進中の抗議者たち。「人権のない日は、陽射しのない日と同じ」と印字されたTシャツを着ている若い男性。別の男性は木の板を十字架の横棒のように担ぎ、その板には「私たちは決して磔《はりつけ》にはされない」というメッセージが書いてある。一番私の目を引いたのは、アニタ・ブライアントに対する抗議活動の写真である。

「アニタ・ブライアントって誰？」写真を見ながら、陽子さんは私に訊いた。陽子さんが見ているその写真には一枚の白い横断幕が写っており、横断幕にはアドルフ・ヒトラー、アニタ・ブライアント、そしてジョセフ・マッカーシーの三人の似顔絵が並んで描かれている。似顔絵の下には「人道に対する本物の脅威」とある。

「超有名な反同性愛の活動家だよ」私は言った。アメリカのLGBT運動史の本で読んだことがある。「もともとは歌手で、七〇年代に同性愛者の権利に反対する運動をやってた」

一九六九年にニューヨークで起きた「ストーンウォールの蜂起」がアメリカにおけるLGBT権利回復運動の夜明けであり、七〇年代前半、運動は高まりを見せ、いくつかの成果を収めた。例えば一九七三年、アメリカ精神医学会は同性愛を精神疾患のリストから外すことを決定した。
しかし七〇年代も後半になると、バックラッシュが到来した。まず、フロリダ州の差別禁止条例が保守派の反発を呼んだ。キリスト教原理主義者のアニタ・ブライアントは保守組織「子どもたちを救おう（Save Our Children）」を結成し、このように声高に喧伝した。〈母として、私は知っています。同性愛者たちは生物学的に子どもを作ることができない。だから彼らは私たちの子どもを勧誘《リクルート》するしかないのです〉〈もしゲイたちに権利を認めたら、次は売春婦や、セントバーナードと寝る人たちや、日がな爪をかんでいるような人たちにまで権利を与えなくちゃならなくなる〉
このような愚かで反知性的な恐怖扇動は、しかし功を奏し、フロリダ州の差別禁止条例は撤回された。味を占めたブライアントはほかの州でも反同性愛活動を展開した。カリフォルニア州で、彼女は州上院議員ジョン・ブリッグズと結託し、教職員のゲイとレズビアンを全て解雇せよ、ＬＧＢＴについて触れる教職員をことごとく免職せよという内容の法案を提出した。通称「提案六号」をめぐる攻防で、ブリッグズは支持者にこう訴えた。〈同性愛者たちはあなたの子どもが欲しいのだ。子どもたちや若者たちを勧誘できなければ、連中はすぐに死に絶えてしまうからだ。連中には次の世代を補充する術がない。だから連中は教師になりたがるんだ〉
世にも恐ろしい「提案六号」は、当初は可決される見通しだった。幸い、サンフランシスコ市議のハーヴェイ・ミルク（Harvey Milk、アメリカ史上初のオープンリー・ゲイの政治家）の尽力と奔走により、このとんでもない差別法案は廃案になった。一九七八年十一月のことである。

三週間後、ミルクは保守派の元市議ダン・ホワイトによって射殺された。市長も同様に殺された。二つの命を奪ったにもかかわらず、ホワイトの量刑はなんと、たった七年八か月の禁固刑だった。一方、アニタ・ブライアントは同性愛者と支援者コミュニティから総スカンを食らい、人気が下降し、芸能活動ができなくなって破産した。

「でも、ヘイト活動をやった後にちゃんと失脚してくれてるのだから、やっぱり日本よりは進んでるよね。七〇年代のアメリカのことなのに」

アニタ・ブライアントのWikipedia記事を読みながら、陽子さんが嘆いた。

「そうだよね、ボイコットがちゃんと機能するもんね。日本では『ＬＧＢＴには生産性がない』と放言した人がまだ国会議員をやってるって考えると、悲しくなる」

げんさんも感慨深げに言った。私と良子さんも顔を見合わせて苦笑した。その通り、日本にはアニタ・ブライアント張りの差別者がわんさかいる。ブライアントやブリッグズと同レベルの愚かしい差別発言は今でも繰り広げられている。しかしその人たちは失脚どころか、いつまでも権力の座に居座り続けている。本当に、いかんともしがたい。

展示室を出て、私たちは再びビーチに戻った。ＣＣラボのＳさんがそこにいた。

「南の崖にLGBTのメモリアルがあるって聞いたんだけど、見に行きません？」

　Sさんはビーチの南のほう、海へ突き出している岬を指差しながら誘ってきた。その岬の上空だけ、なぜか雲が覆っている。

「行きたいです」と私は答えた。

　私たち六人は海岸沿いの壁画の写真を撮りつつ、散歩がてらゆっくり岬へ向かった。途中から階段があり、上り坂があり、上っているうちに急に雨が降り出した。まったく天気というものは忖度《そんたく》を知らない。幸い、昨日みたいな大粒の雨ではなく、ぱらぱらとした小雨だった。ほかの人はあまり気にしていないが、私は一応折り畳み傘を取り出して広げた。濡《ぬ》れるのはどうしても気持ち悪い。

　歩くこと二十分、一行は岬の上に到着した。岬から見下ろす碧い海と白い波、そして黄色いビーチのコントラストが実に美しい。風が強いので押し寄せる波も力強く、岸壁に打ちつけては千々《ちぢ》に砕け散った。そもそもボンダイビーチの「ボンダイ」は、アボリジナルの言葉で「岩に砕け散る波」の意味だという。

　崖の上にはマークス・パークという公園があり、目当てのメモリアルは公園の外れ、崖の先っちょの、実に目立たない一隅にひっそり立っている。「立っている」というより「横たわっている」といったほうが適切かもしれない。崖の形を模して階段状になっている小さなメモリアルは、一番高いところすら膝の高さにも届かない。横には長いがほとんど高さがないそれは、地面に横たわっているように見える。いわゆる「碑」の形をしているわけではないが、一応日本語で「記念碑」と呼ぶことにしよう。

記念碑は赤煉瓦でできているが、ところどころ手のひらより小さい金属板が嵌めこまれている。金属板にはそれぞれ、小さい、本当に小さい文字でメッセージが刻まれている。いかんせん高さがないので、それらのメッセージを読むためにはしゃがみ込まなくてはならない。

〈世界中の全ての都市の過去には深く暗い秘密がある。しかしこの類の恥ずべき事件があったことは最終的に認められなければならない。そうしてはじめて、過去に苦しんだ人たちは、自身の苦しみがようやく認識されたと感じることができる。シドニーも例外ではない〉

〈これらのゲイ男性とトランス女性の死と失踪、そしてその時代に多発した暴力は私たちにレガシーを残している。私たちは忘却してはならない〉

〈この岬で殺されたゲイ男性たちは、罪を犯したり、悪いことをしたりしたから死んだのではない。彼らが死んだのは、ただ、彼らがゲイだからだ〉

〈これは最も暗い時代である。これらは臆病で残虐な犯罪である。そのうちの多くはまだ解決できるし、解決されなければならない〉

〈まず私が世間に知ってほしいのは、私たちも人間であり、人間として扱われ、人間とし

て尊重されるべきだということである〉

この岬とすぐ隣のマークス・パークは、かつてはゲイ男性が性の相手を求める「ハッテン場」だった。そしてLGBTに対する憎悪犯罪が多発した七〇年代〜九〇年代は「ホモ狩り」の名所でもあった。あの時代、シドニー市内各所で約九十人のゲイ男性とトランス女性が殺されたが、警察の無関心のせいで、多くの事件は未解決のままである。この赤煉瓦の小さなメモリアルは、殺された人々を追悼するための記念碑なのだ。記念碑に刻み込まれているこれらのメッセージは、作家や歴史家、活動家が寄せたものである。

近くの地面に嵌めこまれている金属板の（これもまた字が小さくて読みづらい）説明によれば、〈ここは性的指向と性自認を理由に殺害され、拷問され、暴行され、迫害された全ての人たちを振り返り、敬意を表するための空間である〉。記念碑の名は、「Rise」――階段状の崖を模した作りは、LGBTの人々に対する社会的態度の改善と、平等への前進を象徴しているという。

記念碑のいくつかの金属板には犠牲者の名前が刻まれている。Ross Warren、John Russell……もちろん知らない名前ばかりだが、しかし、ただ自分自身であること、それだけで生を奪われてしまった彼ら彼女たちの痛みは時代を超えて、私の痛みと共鳴している気がした。広い太平洋の一角を眺めながら、私は「性的指向と性自認を理由に殺害され」た人たちの生に思いを馳《は》せた。彼ら彼女たちはどこで生まれ、どのような子ども時代を過ごしたのだろう。自らのセクシュアリティに気づき、苦しんだであろう十代に、どのように葛藤したのだろう。インターネットもマッチング・アプリもなかった時代に、どのような思いで「ハッテン場」へやってきたのだろう。生まれた時代が違えば、彼ら彼女たちも虹に彩られる季節から祝福を受け、胸を張って生きていられたのではないか。逆に言えば、生まれた時代と場所さえ違えば、今この記念碑を見るためにやってきた私たち六人も、記念の対象になっていたかもしれない。Sさんやげんさん、陽子さんたちも静かに記念碑を眺め、おのおの何かに感じ入っているようだった。

この記念碑はしかし、LGBTの受難のみならず、尊い連帯の歴史をも示しているように、私には感じられた。LGBTの人たちは、歴史的に分かちがたく共存してきたのだ。

二〇一三年以降、日本でもLGBTという言葉の認知度が高まってきたが、それぞれのアルファベットの辞書的意味しか知らない人は、しばしば無邪気に「LGBとTは違うよね」と考えがちである。確かにLGBは性的指向にかかわる問題で、Tは性自認の問題だから、両者の主たる政治的課題は少し異なる。しかし、それでもLGBTの連帯と共闘には歴史的な必然性がある。『トランスジェンダー問題』の著者ショーン・フェイは、その必然性について、簡潔な言葉で言い当てている。〈私たちみんなを殴るのは、同じ人たちなのだ〉（傍点引用者）

その通り――「ホモ狩り」に興じた卑劣な憎悪犯罪者にとって、あなたのアイデンティティなど構いやしない。「俺が嫌っているのは性自認が男なのに男が好きなホモ連中だけだから、バイセクシュアルとトランス女性は見逃してやろう」なんていう善良な憎悪犯罪者は存在しない。男に見えるのに女っぽい格好をする人は、ゲイ男性だろうがトランス女性だろうがバイセクシュアルだろうが、全員「オカマ」で「ホモ連中」なのだ。レズビアンなら安全というわけにもいかない。髪を短く切ったり、男っぽい格好をしたりするレズビアンも、やはり憎悪犯罪の対象になりやすい。

また、「ストーンウォールの蜂起」で、横暴な警察と闘っていたのは主に、LGBTの中で周縁に追いやられていた有色人種のトランス女性や、労働者階級のレズビアン、そして異性装者たち、セックスワーカーたちだった。あの時代、みんな自分のことを「ゲイ」と呼んでいた。日本語では「ゲイ」という言葉はもっぱら「男性同性愛者」を指すが、英語ではLGBT全般を指す言葉としてかつて使われていたし、今でも使われている。このような歴史、そして「ゲイ」という言葉の語義自体も、LGBTの不可分性を物語っている。権利回復運動の夜明けから、LGBTはすでにともにあった。

そもそも、性的指向はLGBだけの問題ではないし、性自認はTだけの問題でもない。LGBにも性自認はあるし、Tにも性的指向がある。LGBTという四つの頭文字だけを見ると、多くの人はそれを「四つの箱」だと思い、性的少数者の人たちを簡単に箱の中に入れて分類できるものだと勘違いする。しかしそれは間違いである。LGBTは横並びの四つの箱というより、隣接する四つの村に似ている。[*]村と村の境界線は曖昧で、かなり重なり合っている部分があるし、行き来できる場合もある。また、中には二つ以上の村に家を持っている住人もいる。

そう、四つの村は重なっているのだ。ゲイ・コミュニティの中のドラァグクイーン文化も、レズビアン・コミュニティの中のブッチもしばしばトランス・コミュニティと重なったり、外から一緒くたにされたりする。女性を恋愛対象とするトランス男性は、女性として生活していた時期に自分のことをレズビアンだと思っていたかもしれない。そんな人がのちに男性になると、性的指向も同性愛から異性愛へと変化する。また、歴史上の人物を振り返った時、誰がどのカテゴリーに当てはまるかがそもそも判断できないケースが多い。

ＬＧＢＴが連帯する時、内部の差異と多様性はしばしば無視される。それでも、ＬＧＢＴの連帯には歴史的必然性と政治的有効性がある。二〇一五年以降、アメリカの宗教・保守右派は「Ｔを切り離すべきだ」と唱え、盛んに分断を煽るが、それはＬＧＢＴの全滅を狙っての戦略である。ＬＧＢＴの迫害と共闘の歴史も、コミュニティの複雑性もことごとく無視した、愚劣極まりない卑怯《ひきよう》な戦略なのだ。そんな戦略に乗っかり、「ＬＧＢとＴは違う」「Ｔは切り離して論じるべきだ」などと無邪気に主張する人たちは、真剣に考えているようで何も考えていない。

襲いかかる世界的なトランス差別の波に直面した時、トランスを足手まといだと考える

ＬＧＢの人も少なからずいるだろう。いっそのことトカゲの尻尾切りのようにトランスを切り捨てたほうが楽だと考える人もいるかもしれない。しかし、それでは「分断して制圧する」という邪悪な戦略にはまってしまうし、後になって絶対にツケが回ってくる。弱者の中でもまず最も弱い者から仲間外れにして殺していこうという邪悪な戦略には、はっきりとノーを突きつけねばなるまい。

今こそ連帯を示す時だ。レインボー・フラッグの代わりにプログレス・プライド・フラッグが採用された理由も、そこにあるのではないか。

――というようなことを、私は記念碑を眺めながら長い間考えた。

海に入った人たちは着替える必要があるので、観光バスは一旦ホテルに戻り、午後に再出発した。

＊「四つの村」という表現は「四つの箱」より実情に近いが、それでも全然正確ではない。現代的な文脈で「ＬＧＢＴ」と言う時、それは「四種類の性的少数者」を指すのではなく、「性的少数者の総称」として使うことが多い。そこには恋愛感情を持たないアロマンティックや、性的欲求を持たないアセクシュアルなど、「Ｌ」「Ｇ」「Ｂ」「Ｔ」に収まらないセクシュアリティが含まれている。「Ｌ」「Ｇ」「Ｂ」「Ｔ」以外のセクシュアリティも存在することを強調するために、性的少数者の総称として「ＬＧＢＴＱ＋」もしくは単に「クィア」と言うこともある。本書では主にＬＧＢＴという語を用いるが、「Ｌ」「Ｇ」「Ｂ」「Ｔ」以外のセクシュアリティを無視しているわけではないことを断っておく。

オックスフォード・ストリート、プリンス・アルフレッド・パーク、ケンジントン・ストリート――バスは市内のレインボー・スポットを何か所か回った。いずれも地面や路面に、レインボーの絵がペイントされているスポットである。

めぼしい観光名所でもないのに、たかがレインボーを見るためだけにわざわざバスで巡るなんてとんだ物好きだと、そう思われるかもしれないが、しかしそれが今回のツアーの趣旨だから文句を言われても困る。それに、普通に生きていれば「あなたは生きていていい」というメッセージを至るところから受け取っているシスジェンダーでヘテロセクシュアルの人とは違い、LGBTの人たちにとって、この世界に自分の居場所があると感じることは、とても大切なことなのだ。ウェディングドレスとタキシードを着た異性カップルを模したケーキトッパーを見た時、結婚披露宴の招待状が届いた時、婦人科で「性経験はありますか?」と訊かれた時、男女で区分けされるスペースでどちらを使えばいいか戸惑う時、LGBTの人たちは自分には居場所がない、自分の存在は想定されていないと感じざるを得ない。レインボーは、ただの鮮やかな飾りではない。それは数千年にわたる人類の歴史で、世界から排除され蔑《ないがし》ろにされてきた人たちへの、「あなたはここにいていいよ」という、貴重なメッセージなのだ。

中でもプリンス・アルフレッド・パークは特筆に値する。二〇一七年十一月十五日の朝、約三万人のシドニー市民がこの公園に集まった。彼らはここで、婚姻の平等をめぐる郵便投票の結果を待っていた。当時、オーストラリア連邦議会に婚姻の平等法案が提出され、政府は郵便投票で国民の意思を確かめたのだ。郵便投票には法的拘束力はないが、賛成多数の場合、議会は法案を通す公算が大きい。結果、婚姻の平等を支持する国民は六一・六%に上った。公園に集った市民たちは歓喜に沸いた。翌月、議会は圧倒的多数で法案を可決し、オーストラリアは世界で二十五番目に同性婚を法制化した国となった。

思えば、私が前回シドニーを訪れた二〇一六年は、まさに同性婚法制化を目指す運動が盛り上がっていた時だったのだ。

レインボー・スポットの次に、私たちはとあるグローバル企業のシドニー・オフィスを訪問した。多くの欧米の大企業と同様、その企業もCSRやダイバーシティ＆インクルージョン（多様性と包摂）、SDGs（持続可能な開発目標）に力を入れている。応対してくれた社員は、会社の施策について丁寧にプレゼンしてくれた（プレゼンはもちろん英語だったが、扁桃炎《へんとうえん》になったというはみーさんが文字通り声を嗄《か》らして必死に通訳してくれた）。女性管理職比率の数値目標、障碍のある社員への支援策、ニューロダイバーシティへの理解増進、LGBTの社員のための福利厚生など——企業機密なので具体的なことは書けないが、どれ一つ取っても日系企業ではなかなか見ないような取り組みだった。

それらの取り組みも素晴らしいが、私の印象に強く残ったのは冒頭部分である。

プレゼンの冒頭で、一人の社員が起立した。私たち全員の起立を促した後、彼は朗々とこのように読み上げた。

「私たちが今日集まったこの場所の土地と水の伝統的な所有者は、アボリジナルとトレス海峡諸島の先住民であることを確認します。この地は過去も現在も、そして将来にわたり、先住民の土地であることを確認します」

それから、彼は床まである大きな窓を手で示し、そちらを見るように促した。言われた通り私たちは窓のほうへ視線を向けた。オフィスは高層階にあるので、窓から港の景色が一望できる。晴れ渡る青空、真っ白なオペラハウス、果てしない碧い海、そして港に停泊している無数の船。社員は感傷的な声で私たちにこう語りかけた。

「皆さん、想像してみてください。二百五十年前、あそこには港も、大きな船もありませんでした。忙しい現代社会とは違い、この地に住んでいた先住民たちは悠々自適な生活を送っていました。彼らは海で魚を捕ったり、狩猟をしたりして暮らしていました。

しかしある日——一七七〇年のある日、キャプテン・クックがやってきました。白人による植民が始まり、アボリジナルたちの苦難が始まりました。植民者が先住民たちに対して犯した数々の罪をここで全部説明することはできませんが、一つだけお話しします。植民者は、先住民の子どもたちを親から切り離し、白人として生活することを強制しました。このようなことは、一九六〇年代まで合法的に行われていました。強制された世代は、『盗まれた世代』と呼ばれています」

その社員は、企業の中で先住民の平等のための活動をしているのだ。彼によれば、先刻彼が読み上げた宣言は「先住民の土地であることの確認（Acknowledgement of Country）」という儀式である。

オーストラリアは白人の入植者によって開拓された国だが、もともと先住民の人たちがいた。入植者がやってくると、先住民は土地を奪われ、文化と慣習が消され、親子が切り離され、数々の迫害を受けた。先住民への迫害は法の下で長い間、合法的に行われてきた。

一九九二年の「マボ判決」という歴史的な判決により、先住民の先住権原が認められ、以降、オーストラリア首相は先住民への暴力と略奪を認め、謝罪に努めてきた。今では各種イベントの冒頭で、この「先住民の土地であることの確認」の儀式が行われる。

前日の合唱コンサートの冒頭で行われた物々しい宣言が何だったのか、ようやく分かった。あれもこの儀式なのだ。このような儀式は、オーストラリアではすでに文化として根づいており、たとえ企業見学のプレゼンのような小規模な集会でもきちんと行われる。集会やイベントだけでなく、オーストラリアで刊行された出版物でも、扉のページにはやはり同じ趣旨の宣言が印刷されているのだ。

なんという律儀さと執念深さ！　これが「歴史への敬意」というものだろうと、私は合点した。これらの儀式からは、迫害の歴史を決して忘れまいという強い意志を感じる。過ちを認めてはじめて和解が可能になる。しかも、そのような承認は何度も何度も繰り返し行われなければならない。記憶する努力を怠れば、過去はいとも簡単に薄れ、迫害の歴史が繰り返されるからだ。

ひるがえって、日本では今も「日本は万世一系の単一民族・単一言語国家」だと信じている人が多く、「二千年にわたって同じ民族が、同じ言語で、一つの王朝を保ち続けている国など世界に日本しかない」などと誇らしげに放言する大物保守政治家までいた。アイヌ民族や琉球《りゅうきゅう》民族を植民地支配してきた歴史的事実があるにもかかわらず。

史実を無視するこの手の発言を臆面もなく放つ「愛国」政治家を見ると、私はいつも疑問に思う。自分の生まれ育った国に誇りを感じ、愛着を抱くというのは、人間として至極当然の感情だろう。しかし、他者を貶《おとし》め、歴史を否定することによってしか自らの愛国心を示せないのなら、それは逆に、自身の愛国心の脆さとちっぽけさを証明しているようなものではないか。過去の過ちを認め受け入れることと、国を愛することとは矛盾しない。いや、むしろ過ちを認め、改めようとする姿勢こそが、愛国の証《あかし》なのではないか——オーストラリアの儀式を通して、私ははっきりそう感じた。

LGBTの歴史にしたって同じだ。写真展も、追悼記念碑も、プリンス・アルフレド・パークにある一見何の変哲もないレインボーの歩道でさえも、全て歴史を記憶し、刻むための努力だ。LGBTと先住民の経験は必ずしも同一視できるものではないが、マジョリティによって尊厳を奪われ、非人間的な迫害を受けてきた点では同じだ。アメリカに二年遅れて婚姻の平等を実現したオーストラリアは、今、自分たちのＬＧＢＴの歴史をきちんと記録しようとしている。

ちょうど今年は、マルディ・グラ四十五周年に当たる年だ。今でこそ一大イベントになっているマルディ・グラだが、その歴史は決して平坦ではない。初回マルディ・グラが開催された一九七八年に、二千人の参加者は同性愛の非犯罪化を求めて歩いた。「バーからストリートへ！」「ゲイ、女性、黒人に対する警察の攻撃をやめろ！」と彼らは叫んだ。

警察は彼らを取り締まった。山車のトラックを没収し、殴る蹴るの暴力を加え、五十三人の男女を逮捕し、計百八十四人が拘束された。逮捕者は全員不起訴になったものの、彼らの名前は新聞に掲載され、そのせいで職を失った人もいた。今でもオックスフォード・ストリートの有名なゲイバー「ストーンウォール」の扉に、当時の写真が貼られている。モノクロの写真の真ん中で、手錠をかけられた男は怒りに満ちた表情で誰かを睨《にら》んでいる。左のほうで、いかめしい顔つきの警察官に捕らえられている女性は、顔を歪《ゆが》めて何かを懸命に叫んでいる。後ろのほうに立っている民衆は、「ゲイに対する全ての迫害と差別をやめろ！」と書いてあるプラカードを掲げている。色のない四十五年前のその写真は、今やその上下がプログレス・プライド・フラッグの色に縁取られている。その情景は、この国が四十五年間でどれくらい進んだのかを端的に示している。

では、日本はどうだろう？　日本にだって、日本だけのＬＧＢＴの歴史はあるはずだ。

「ストーンウォールの蜂起」とは脈絡が異なる、しかし地続きにはあった日本独自の、差別と迫害と連帯と抗争の歴史があるはずだ。七〇年代の新宿二丁目の台頭、八〇年代のエイズ禍、九〇年代のゲイ・ブームとプライドパレードと「府中《ふちゅう》青年の家裁判」、二〇〇〇年代の激しいジェンダー・バックラッシュ、二〇一〇年代のLGBTブームとパートナーシップ制度と同性婚訴訟、そして二〇一八年以降に再来したバックラッシュ――日本にも「ホモ狩り」があった。トランスを狙った憎悪犯罪があった。同性愛が犯罪や精神疾患や性的倒錯として扱われた時代があった。それらの歴史をきちんと記し、伝えていれば、「日本は古くからLGBTに寛容な国柄であり差別はない」などといった無知のたわ言も自《おの》ずと霧散するのではないか。

もちろん、個別の著述家や当事者団体がおのおのの努力でそれらの歴史を記述しようと試みていることを私は知っている。いくつかの団体が日本のプライドパレードやLGBTコミュニティの年表を作成しているし、日本で刊行されたLGBT関連の書籍を集めるアーカイブ・プロジェクトも存在している。年老いた活動家にインタビューし、ライフ・ストーリーやオーラル・ヒストリーの著作を刊行している研究者もいる。それらは尊敬すべき仕事だが、まだまだ足りない気がしてならない。日本におけるこの手の取り組みは、いつまで経っても民間当事者団体の自助努力に頼っており、なかなか広まらない。

企業訪問の後、私たちはオペラハウスへ向かった。翌日のパレードに向けてリハーサルを行うのだ。

リハーサルは、今回のツアーで初の全員大集合となる。日本から出発したメンバーだけでなく、シドニーに住んでいるGFJとフォーサイス家の人たちも集まったので、百人くらいの大所帯となった。私たちはロイヤル植物園に入り、芝生の一角で整列した。

私が歩くCCラボのフロートでは、日本からのチームであることを強調するために、音楽は日本の流行歌（LiSA「紅蓮華《ぐれんげ》」、乃木坂《のぎざか》46「制服のマネキン」、宇多田《うただ》ヒカル「traveling」など）をリミックスしたものを使っている。簡単な振付もあり、歩きながら踊ることになっている。ツアー前に東京と福岡でそれぞれ練習会が開催されたことからも、みんなの力の入り具合が窺《うかが》える。

このような場面において、私はいつもささやかな矛盾を感じざるを得ない。たいした矛盾ではなく、言うなれば爪の端にできたささくれのような、放っておいてもさして大事にはならないが、ふとした時に気になってしまうものである。それは何かというと――私たちはLGBTというアイデンティティを前面に出して連帯を唱えているが、マルディ・グラのようなLGBTが連帯する（したがってLGBTであることは何ら特殊性を意味しない）場へやってくると、自分たちの集団とほかの集団との違いを強調するために、LGBTとは別のアイデンティティを前面に出さざるを得ない、ということだ。シドニーへやってきた私たちのように、ほとんどの場合、そんな時に選ばれるアイデンティティとは、国家である。それが（オーストラリアの人々にとって）一番分かりやすいものだからだ。そして「国家」というアイデンティティを分かりやすく示すために、私たちは「国籍」や「伝統文化」を持ち出すしかない。

早い話、私たちは「硬直した国の政治」とか「伝統的家族観」とかいった（ブルシットな）ものから解放され、自由になるために異国の地へやってきたにもかかわらず、私たちが私たちであることを示すために、結局は「国家」と「伝統」に頼らざるを得ないのだ。和装といい、日本人アーティストの曲といい、三線といい、桜の写真が添えてある横断幕といい、その全てが、私たちが「日本人」であることを示すための、手頃で分かりやすい記号なのだ。

自国へのアイデンティティは、常にナショナリズムと紙一重である。生まれ育った国を離れ、海外に長期滞在する人たちは、往々にして二つの真逆な傾向を示す。ある種の人たちは、海外での生活経験を通して世界の広さを知り、自国をうまく相対化でき、それによって異文化を受け入れる素質を涵養《かんよう》していく。別の人たちは、異文化に触れることによって「やはり自分は○○人だ」「やはり○○は素晴らしい国だ」というふうに、自国への強い愛着と誇りを育《はぐく》んでいく。後者は偏狭な愛国主義者まで、あと数歩といったところである。

「日本」を特徴づけるそれらの分かりやすい記号に少しばかり居心地の悪さを覚えるが、しかしそんな記号を一切出さないのが正しいとも言い切れない。分かりやすい記号に頼らなければ、私たちはこの地における多数派——欧米人や白人——との違いを示す手段を失ってしまう。ひっきょう、ほとんどの欧米のLGBTコミュニティにとって、日本など世界の極東に位置する、変てこで不可解な文字を使う、人権的に後退している小さな島国でしかないわけである。「日本にだって素晴らしい文化があるのだ」というふうに、自分たちの有徴性を強調しなければ、私たちは結局、この地球で支配的な立場を占める欧米の文化と言語によって存在をかき消されてしまう。ちょうどLGBTの存在が、圧倒的な強さを持つシスジェンダーでヘテロセクシュアルの規範と文化によってかき消されてきたのと同じように。LGBTがレインボーというシンボルを必要とするように、桜や和装もこの場合、日本人のシンボルとして機能していると言えるかもしれない。

——などとあれこれ考えているうちに、リハーサルが始まった。CCラボのSさんはスピーカーで音楽を流し、ツアー参加者は事前に決められた定位置について踊り始めた。筑紫女学園大学の先生も学生も、還暦を過ぎたフォーサイス家のマミーまでもが一団となって踊っている光景が面白く、なんだかほのぼのする。

マミーはオーストラリア人男性と結婚した日本人女性で、なんと八人の子ども（七男一女）の母である。YouTube チャンネル「大家族フォーサイス家」は名実ともに大家族なのだ。彼女の名は「フォーサイス幸子《さちこ》」であり、過去に国際結婚と子育ての経験を描いた書籍『グローバルですが、何か？』を二冊自費出版で刊行している。八人の子どものうち、三男の右京《うきょう》さんがゲイなので、「大家族フォーサイス家」のYouTube動画はＬＧＢＴについても発信している。動画を見たＣＣラボが彼らに連絡を取って協力を仰ぎ、それが今回のツアーの実現につながったわけだ。

ちなみに、私は踊らなかった。もともと身体を動かすのが得意ではないし、ツアー前は執筆作業で忙しかったのでとても振付を練習する余裕はなかった。幸い、私は隊列の前方でレインボー・フラッグを持つ係だから、踊らなくて済む。横十メートル、縦五メートルの巨大なレインボー・フラッグ（キャンバス生地なのでそこそこ重い）を持ち上げて展開する——私のリハーサルはこれで終わり。あとはみんなが踊っているのを眺めるだけである。

「こんなふうに自由に集まれる場所があるのも、なんかいいよね」

くまちゃんとうさちゃんの写真を撮りながら、陽子さんは言った（陽子さんは本当にどこに行っても縫いぐるみを持ち歩いている）。ロイヤル植物園は海に面しており、オペラハウスからも徒歩数分のところなので、とにかく景色が綺麗だ。夕方の金色の陽射しが降り注ぐと、芝生も樹々《きぎ》も、全てきらきらして見えた。人々はベンチに座っておしゃべりしたり、散歩したりしている。本当に悠々自適に見えた。

「日本にもあるんじゃない？　代々木公園とか」と私は言った。

「でも、これくらいの人数が集まってダンスを練習できる場所となると、なかなか難しい気がする」と陽子さんが。

しかし十分後、陽子さんの言葉が間違いだと証明された。制服に身を固めたいかつい警備員らしき人物が現れるやいなや、Ｓさんを呼びつけて何か話をした。申請なしで大人数の集会をしたということで怒られたらしい。どうやらシドニーでも、大人数の集会はなかなか難しいようだ。

「えー、ということで、リハーサルはこれにて終了します。皆さん、明日のパレード、楽しんでいきましょう！　解散！」

あっけなく終わったリハーサルなのであった。


リハーサルの後、私はげんさん、陽子さん、良子さん、そして弁護士の永野《なが》靖《の やすし》さんと五人で、港の近くのレストランで夕食を食べた。永野さんは同性婚訴訟東京一次訴訟の原告弁護団の一人であり、今回は合唱団「Pride Choir Tokyo」の一員としてシドニーに来ている。私たちのツアーとは別行動だが、レストランで合流した。

レストランは窓からハーバーブリッジが見える二階席で、料理もおいしかった。飲み物を注文する時、みんな例に漏れずお酒を頼んだ。お酒を好まない私はドリンクメニューをしばらく眺めてから、店員にいくつか質問をした。店員が応答し、私は注文を決めた。

店員との会話を終え、改めてみんなに視線を向けると、四人ともびっくりしたような表情で私を見つめていた。

えっ、私、何か変なことしたのかな？　そう焦っていると、永野さんは感心したようにこう言った。

「李さんは英語もぺらぺらなんですね。すごい」

「そうだよね、ことちゃんは日本語も中国語も英語もできて、本当にすごい」とげんさんも羨望の眼差《まなざ》しを向けてきた。

「いや、本当に簡単な英語しかできないんですよ」

と、私は慌てて弁明した。確かに先刻流暢《りゅうちょう》そうに聞こえる英語で店員とやり取りをしたが、私が言ったのはこんな内容に過ぎなかった。

「メニューにホットの紅茶があるって書いてあるけど、アイスティーはないんですか？　……ないんですね。じゃホットの紅茶とは別に、氷をもらってもいいですか？　……ではそのようにお願いします」

四人の大袈裟《おおげさ》な反応を見て、私は少しおかしな気持ちになった。私たち五人のうち、二人が弁護士だ。高度な専門職だ。彼らは日本語では〈被告は、原告らに対し、それぞれ金一〇〇万円及びこれに対する訴状送達の日から支払い済みまで年五分の割合による金員を支払え〉みたいな仰々しい文章を実に日常的に書いているにもかかわらず、英語となるとなんと初級レベルの会話すら感心の対象になる。言語の壁はどこまでも高く聳え立っている。それにしても、なんでホットの紅茶があるのにアイスティーがないのか、これも不可解である。氷を入れればいいのではないか（別に水出しでなければ嫌だといったこだわりはない）。実際、シドニーでは無糖のアイスティーを手に入れることはとても難しい。この点は紅茶好きの私にとって少々辛《つら》い。

サラダやらチキンやらステーキやらポテトやら（魚介類が食べられない私をみんなが配慮してくれた）を頬張りながら、私たちは色々な、実に色々な話をした。同性婚訴訟の話、「俺裁判」の話、荒井元首相秘書官の差別発言の話、差別発言をきっかけに再び動き出した「LGBT理解増進法」の話、G7サミットの話、押し寄せるバックラッシュの話。こんなにも話すことがたくさんあるのかと、こんなにも話されるべきことが世の中にたくさんあるのかと思うくらい、私たちの会話は続いた。その一つひとつが、LGBTの人たちの生と尊厳にかかわる大事な話である。

ふとした瞬間、偶然窓の外へ目をやった私はあることに気づいた。

「ねえねえ、見て。ハーバーブリッジ」

私は四人に声をかけた。四人も窓の外へ視線を向け、そして感嘆の息を漏らした。

——覆い被さる闇夜の帳《とばり》の下で、ハーバーブリッジはいつの間にかレインボー色にライトアップされている。赤、橙、黄、緑、青、紫……煌《きら》めく虹の光は走馬灯のように絶えず左から右へと流れ、海も空も鮮やかに染め上げていた。

「ヘイターたちにこの景色を見せてあげたいな」

陽子さんは静かにつぶやき、ね、とげんさんが同意の相槌《あいづち》を打った。

「『日本を滅ぼすＬＧＢＴ法案』とか、本当に馬鹿げてるよね。オーストラリアは何も滅んでないじゃん」と良子さん。

「もう、日本地獄だよね。シドニーにいる間はＳＮＳを見ないようにしてる」げんさんは溜息《ためいき》を吐いた。

私たちがシドニーに着いた後も、日本では「ＬＧＢＴ理解増進法」をめぐる議論が続いた。岸田《きしだ》首相は自民党に法案提出を指示した。与党は五月のＧ７サミットまでの成立を目指しているとの見方も出ている。この動きに対し、保守右派と宗教右派勢力、ネトウヨ、そして反ＬＧＢＴの人たちやトランス差別者たちが猛反対し、ネット上、国会内、そして街頭でしきりに差別言説をばら撒いた。彼らはTwitterで「#日本を滅ぼすＬＧＢＴ法案」というハッシュタグを作り、ＬＧＢＴ理解増進法が通ると「女子トイレがなくなる」「ペニスのある人が自由に女湯に入れるようになる」「女性と子どもの安全が脅かされる」といった事実無根のデマを撒き散らし、恐怖を煽った。そのハッシュタグは、なんとTwitterのトレンドにまでなった。

「性的マイノリティへの理解が進むと滅ぶ国って、そもそも何なん？」

陽子さんは憤りを隠せない様子だった。「そんなに滅びやすい国なら、一回滅んだほうがよくない？」

「一回滅んだら、もっといい国になるかもしれないしね」

とげんさんが言った。私たちは何となく黙り込み、無言で食事をつついた。私はもう一度窓の外へ目をやった。虹色に染まるハーバーブリッジはどこまでも輝いて見えた。

「そういえば、げんさんと良子さんは一緒に住んでるの？　日本では」

重苦しい雰囲気を打ち破るべく、私は話題を変えてみた。

「ううん、一緒に住んではいない」とげんさんが答えた。

「げんさんは山奥の一軒家に住んでるけど、私の仕事はそこからだと通えないから、一緒に住めないいんだよね。一週間に一回会いに行くくらい」と良子さん。

「山奥の？　一軒家？」私は舌を巻いた。

「そうなの！　『ポツンと一軒家』にも登場したことあるよ！」

「山奥に住んでると、買い物とか不便じゃない？」とにかく都会が好きな私にはそんな生活はあまり想像できない。

「だから一週間に一回、食料を大量に買い込んでゆっくり食べるようにしてるよ」言いながら、げんさんは微かにはにかんだ。

「あれ？　そもそもげんさんって、どんな仕事してるの？」私は俄然《がぜん》興味が湧いた。

「竹職人です」

「竹職人？」

「そう。竹でかばんを編むの。一つひとつ、手作業でね」

「特注で、めっちゃ高いやつ」と良子さんが補足した。

竹で編んだかばんをなかなかイメージできず、私は「竹かばん」を検索してみた。すると、「日本で竹かばんといえば鈴木げんだよね」と言わんばかりに、げんさんは検索結果の一ページ目の、ほぼ一番上に出てきた。古そうだが格式ある一軒家の和室で、手作りの竹かばんをいくつも誇らしげに展示しながらにこやかに笑っているげんさんの写真が何枚もヒットした。値段を調べると、十万円近くだった。

「すごい……」私はコメントに困る。大量生産・大量消費社会の申し子である私は、一個十万円もする手作りのかばんなど持ったことがない。

それにしても、と私は考えた。トランスジェンダーと竹職人、なんて奇妙な組み合わせだろう。タイムズ・スクエアと稲荷《いなり》神社、あるいはコシャリと抹茶くらい不釣り合いなイメージ。しかし、こうも思う。これこそＬＧＢＴ当事者のリアルだ。虹色に染まるプライドパレードの光景だけを見れば、ＬＧＢＴは実に華やかなイメージを纏《まと》っているし、ネット上では「キラキラしたＬＧＢＴ」などと（嫉妬混じりかもしれないが）揶揄《やゆ》されることもある。ただ、スローガンを叫ぶ活動家やメディアに出る芸能人、アカデミアで活躍する研究者だけがＬＧＢＴではない。プライドという祭典だって、一年のうちたった数日間から一か月間に過ぎない。そのほかのほとんどの時間において、ほとんどのＬＧＢＴ当事者は、そうでない人と何ら変わらない普通の生活を送っている。当然のことながら、山奥の一軒家で竹かばんを編んで生計を立てているトランス男性もいる。そして当然のことながら、そんなトランス男性がプライドに参加するために南半球の大陸へ渡ったり、自分の権利を守るために法廷で闘ったりすることもある。

ひっきょう、私たちは超人でも異星人でもなく、貴族でも皇族でもない。少しばかり特異な経験をし、少しばかり困難な生を送り、人並みの権利と尊厳を手に入れたいと望むだけの、血と肉を持っている、ごく普通の市民、普通の人間である。

7　翼、行進、酒場

私たちのホテルはキングス・クロスと呼ばれるエリアにある。

ウイリアム・ストリートとダーリングハースト・ロードが交差する一帯は、かつては「クイーンズ・クロス」という名称だったが、「クイーンズ・スクエア」という別の場所と混同されやすいという理由で「キングス・クロス」に改名された。十九世紀半ば、ここは高級住宅地だった。ところが一九六〇年代に入ると、ベトナム戦争の帰還兵が流れ込み、それにつれてここも「夜の街」へと変貌し、違法薬物の密売が常態化するなど、一時はシドニーで最も治安が悪い場所だと言われていた。今は治安がよくなっているが、「南半球最大の歓楽街」という異名は変わらず、夜になるとクラブや風俗店、アダルトショップなどの明かりが灯《とも》る。

とはいえ、昼間はごく普通の閑静な街である。ホテルから坂を下っていくと、第二次世界大戦で戦死したオーストラリア兵を記念する「エルアラメインの噴水」のある公園「フィッツロイ・ガーデンズ」が左手に現れる。土曜日の午前中だからか、マルシェが開催されており、手芸品や洋服、野菜、そして様々な国の料理が販売されている。どれも実にいい値段がする。マルシェで朝食を食べようと思って物色してみたが、あまり食指が動かなかった。それで一本裏の通り、何軒も立ち並ぶレストランとカフェのうちの一軒、多国籍料理の店に落ち着いた。朝食兼昼食のつもりで、ポテトつきの照り焼きバーガーを頼んだ。相変わらずアイスティーがないので、しかたなく飲み物はホットのイングリッシュ・ブレックファスト・ティーを注文した。締めて二千四百円（東京の二倍だ）。ちなみにこの店、和洋折衷というべきか、イングリッシュ・ブレックファスト・ティーをティーカップではなく、なんと急須と湯呑《ゆのみ》で出してきた。見た瞬間は注文を間違えたのかと狼狽《うろた》えた。

朝食の後に一人でバスに乗り、オックスフォード・ストリートへ向かう。街の入口となる交差点ではためくプログレス・プライド・フラッグを見て、ああ、帰ってきた、という感慨が浮かんだ。七年前も、私はここで、広がる青空の下ではためくレインボー・フラッグを見上げていた。今日の空もまた、七年前と比べて何ら遜色のない爽やかな快晴ぶりである。プログレス・プライド・フラッグの下で、スタッフとおぼしき人たちが慌ただしく動き回り、観覧席を設営している。今夜のパレードを見るための有料観覧席である（これがレインボー経済だ）。

サンフランシスコのカストロやロサンゼルスのウエスト・ハリウッドと同じく、オックスフォード・ストリートはいわゆる「ゲイタウン」と呼ばれる街なので、マルディ・グラ期間か否かにかかわらず、常に至るところでレインボーの飾りが視界に入るが、マルディ・グラ期間となるとより一層色鮮やかになり、歩くだけで胸が高鳴る。東西に走るオックスフォード・ストリートの南側はバーやレストランが密集するエリアで、昼間から人が三々五々集まって飲んでおり、知り合いとすれ違う時にはごく自然に「ハッピー・マルディ・グラ」と挨拶を交わす。北側は工事中の建物が並ぶが、建物の一階部分の外壁はピンクを基調としたカラフルな壁画に彩られている。

説明文によれば、いくつものブロックにわたるその長大な壁画は、シドニー在住のクィアのイラストレーター、エイミー・ブルーによるアート・プロジェクト「An ABC of Oxford St.」である。これはシドニー市が主導した美化プロジェクトで、ワールド・プライドの展示の一環でもある。二〇一九年から、この辺りで大規模な再開発計画が始まったが、殺風景な仮囲いを彩るためにブルーが起用されたのである。実際、それらの壁画はぱっと見、仮囲いだとまったく分からないくらいカラフルで美しかった。絵はオックスフォード・ストリートの歴史をテーマに、シドニーのＬＧＢＴコミュニティの歴史におけるいくつかの決定的瞬間をイラストレーションにしたものである。

それらの絵にはシドニーのＬＧＢＴコミュニティに関係する歴史上の店舗や人物が大量に登場している。ブルーはあるインタビューでこう語っている。〈このコレクションは、歴史のいくつかの決定的瞬間に対して敬意を表しています。私にとって、過去に私たちのために道を切り拓《ひら》いてきた人たち、そして今も切り拓き続けている人たちに感謝の意を表すのは、とても大事なことです〉。イラストレーションの一つひとつに細かい解説文が付されていないため、描かれている事件の顚末《てんまつ》は私には分からないが、それでもところどころ、見覚えのあるフレーズに出くわす。「Seventy Eighters」、これは一九七八年の抗議デモで闘い、マルディ・グラの歴史を切り拓いた先人たちを指す言葉である。「Out of the bars and into the streets」、これはＬＧＢＴ権利回復運動で広く使われるスローガンである。ブルーの描く歴史に私は含まれていないが、それでも広い太平洋を隔てて、ごくごく一部ではあるものの歴史的文脈を共有している気がして、少しばかり感慨を覚えた。しかしそれと同時に、私がそう感じていることそれ自体が、英語と欧米文化の覇権性から否応なしに影響を受けている証左である気もした。アジアに住む私たちが欧米の歴史に共鳴し、そこから勇気とヒントを得ることがあっても、その逆はあるのだろうか。例えば欧米先進国に住む一人のクィアの人が、日本の「府中青年の家裁判」の歴史を知った時、自分もその歴史的文脈を共有しているのだと、果たしてそう思えるのだろうか。

オックスフォード・ストリートの壁画はエイミー・ブルーのものだけではない。あるショッピングモールの外壁には大きな虹色の翼が描かれており、壁画の前で写真を撮れば、背中から虹色の翼が生えているように見える仕掛けになっている。翼の上には、「YOU ARE LOVED」というメッセージが添えられている。「あなたは愛されている」――これはまさに愛に渇く性的マイノリティが最も必要とするメッセージであるように、私には感じられた。黒人やほかの人種的マイノリティの子どもが学校など外の世界で差別を受けても、家に帰ればそこには居場所があり、愛してくれる親がいる。しかし性的マイノリティの子どもにとって、親は往々にして最初の敵対者であり、否定者なのだ。ゆえに、性的マイノリティの人たちが愛を実感するのは、とても難しい。愛されている感覚がなければ、プライドなど到底持ちようがない。あなたはあなたであるだけで、どうせ誰からも愛されないのだ――七年前に絡みついていたそんな諦念が一瞬脳裏を過《よぎ》り、私は軽く首を振ってその想念を追い払った。私は愛されているのだ。

大通りから一本裏の路地の壁には、別の虹色の翼が描いてある。「YOU ARE LOVED」の翼よりかなり作画が粗いなと思ったが、よく見ると羽根の一本一本がペニスの形をしている。そう、無数の虹色のペニスで出来上がった翼である。実にゲイゲイしい発想だ。恐らくディックが大好きなどこかのゲイが描いたものだろう。と思ったら、絵の横には「#DICKWINGS」のハッシュタグとともに、作者の名前が記してある。シドニー在住のビジュアル・アーティスト、スコット・マーシュだ。

しかしそのディック・ウィングの壁画を見て、私は別の、同じくペニスのことが気になってしかたないように見える人物のことを思い出す。TERF《ターフ》（Trans-Exclusionary Radical Feminist、トランス排除的なラディカル・フェミニスト、要するにトランス女性を女性として認めず、ゆえにフェミニズムから排除するべきだと主張するごく一部のフェミニストのことである）の鼻祖ともいうべき、ジャニス・レイモンドである。彼女は一九七九年に出版した著書で、妄想と偏見にまみれた言葉を使い、同時代のトランス女性をこのように攻撃した。〈性転換で改造されたレズビアン・フェミニストは、去勢されているわけだから、自分の全身と全行動をペニスに変えて、幾通りもの方法で時を選ばずレイプできるようになる〉

——すげぇな、「全身と全行動をペニスに変える」とは！　ペニスにまったく興味がない私にとっては到底持ちえないような発想だが、いずれにしろ、ディック・ウィングの絵を見て、私は唐突に「全身をペニスに変える」という妄言を思い出し、滑稽のあまり危うく吹き出すところだった。世の中には馬鹿げたことを大真面目に語る人が実にたくさんいるものだ。

オックスフォード・ストリートの近くに国立芸術学校があり、マルディ・グラの展示の一つである「クィア現代芸術展」が開催されているというので観に行った。そう広くない構内はチャペルを中心に建物が放射状に建っており、そのうちのいくつかの建物で展示が行われている。しかし現代芸術を鑑賞する感性が備わっていないからか、はたまたオックスフォード・ストリート散策で体力を消耗したからか、それらの展示を観てもこれといった感興は湧かなかった。印象に残ったのはエイズ禍の時代の病床を再現したインスタレーションと、「WE'LL BE LESS ACTIVIST IF YOU BE LESS SHIT」というスローガンが縫ってある、布を使った作品である（よく言った！）。

オックスフォード・ストリートからゆっくり歩いて、ホテルへ戻る。夜のパレードに備えて浴衣に着替える必要があるからだ。和装が好きなパートナーに浴衣を借りたのはいいものの、着付けができないので、家が呉服店をやっているという女子大学生に手伝ってもらった。無事着替えが終わり、私は部屋で一休みすることにした（とはいえ浴衣を着ている状態では横になることもできない）。午前中のオックスフォード・ストリート散策だけで、ゆうに一万歩以上は歩いたのだ。

午後四時に集合場所のハイド・パークに着き、ほかのツアー参加者と合流した。これまで見た普段着とは違い、みんな実に気合を入れておしゃれしてきている。CCラボのフロートは先頭から、①横断幕を持つ人（四人）、②トランスジェンダー・フラッグを持つ人（七人）、③レインボー・フラッグを持つ人（十人）、④ダンスを踊る本隊（三十四人）によって構成されている。もともと全員浴衣を着ようという案があったが、後にそれが撤回され、和装をするのは①②③に限られ、④の本隊は服装は自由となった。にもかかわらず、本隊の人も大半は浴衣を着てきた。浴衣ではなくロリータ・ファッションを身に纏う女子大学生もいる。マミーは紅葉色の上衣《うわぎ》に黒地の菱文様《ひしもんよう》の袴《はかま》をはいている。おかげで私たちはハイド・パークに集まるパレード出場者の中でもひと際色鮮やかな一団となった。よほど和装が珍しいのか、カメラを向けてくる人が後を絶たなかった。

それにしても、本当に人が多い——マルディ・グラのパレードでは毎年、二百超えのフロート、一万二千人以上が行進に参加する。つまり一万二千人がハイド・パークに集まっているのだ。五時になると入場が開始され、私たちも一万二千人の長蛇の列に加わって入場を待った。ハイド・パーク南東部はパレード出場者の専用エリアとなっており、出場者はその中で出走を待つことになっている。入場にはパスポートと事前に取得したQRコードを提示する必要があり、セキュリティはなかなか厳しい。

入場待ちの列に並んでいる時も、私たちに向かってカメラをカシャカシャしている人がたくさんいた。最初は許可なしの撮影に抵抗を覚えたが、しばらく経つと、これはそういうお祭りなのだと考え直した。パレードに参加する人たちはみな最大限に自分を表現しているし、世界最大級のプライドパレードという大舞台に出る人となれば、撮影OKは不文律なのだろう。要はコミケに出るコスプレイヤーや、街でパフォーマンスをする大道芸人と同じ、写真を撮られてなんぼという感覚なのだ。

とはいえ、私に言わせれば、私たちは特段目立った格好をしているわけではない。私たちが注目されるのは和装が珍しいからに過ぎず、一般的に言えば、私たちの服装はむしろ極めて常識的で、控え目ですらある。私たちよりずっと目立った格好の人が周りにはごまんといる。五十代に見える女性はディズニーの白雪姫のコスプレをしている。別の五十代に見える女性はエルサの格好をしている。やはり四、五十代くらいの髭面《ひげづら》の男性は上半身が裸で、黒いボディ・ハーネスをつけている。スキンヘッドの男性は全身を白塗りにし、目の周りだけ黒く塗りつぶしている。さらに別の男性は顔の真ん中を銀色に塗り、銀色のジャンパーを羽織り、後光が射しているような飾りがついている銀色の兜《かぶと》を被っている（いずれも何かのコスプレだと思われる）。最後の男性は（やはり銀色の）厚底の靴も履いているので、後光まで入れるとゆうに二百センチを超えている。目立ってしかたがない。ほかにも、ピンクのパンク頭の女性や、背中に大きな翼をつけている女性。もちろん華やかなドラァグクイーンはあちこちにいるし、消防隊や救急隊は制服で参加しているし、先住民の伝統衣装を身に纏う人たちもいる。特段奇抜な格好をしているというわけではないが、ある一団はなぜか「星のカービィ」の縫いぐるみを掲げていた。これはこれで違う意味で目立つ。

どんな格好でも受け入れられる。それがプライドパレードのカルチャーである。

並ぶこと三十分、ようやく専用エリアに入場した。専用エリアでは食べ物や飲み物を売っている屋台があり、パレード出場者しか買えないことを思うとちょっとしたプレミアム感がある（売っているのはごく普通の屋台料理なのだが）。私たちは一旦解散し、出走時間まで自由行動となった。マルディ・グラのパレード自体は夜七時半に始まるのだが、なんせ二百以上のフロートがある。ＣＣラボの出走順は百四十六番目で、予定出発時刻は九時半過ぎだ。

自由行動になったはいいものの、専用エリアは七時には閉鎖されるので、外に出てしまえばもう中には入れない可能性がある（その場合、パレードは歩けなくなる）。だからパレード出場者は出走までエリア内で過ごすことが推奨されている。とすると、トイレは大問題になる。公園にはもともと公衆トイレがないので、仮設トイレを使うしかない。エリアの一角に、仮設トイレが三、四十個ずらりと並んでおり、トイレ待ちの人の長い行列が出来上がっている。何しろ一万二千人もいるのだから、トイレ待ちの行列もなかなか壮観なものがある。中には、そんな格好で一体どのように用を足すのだろうかと思わず首を傾げたくなるような衣装を身に纏っている人もちらほら。ちなみにそのトイレはと言えば——これはまったく想像に難くないことだが——二度と使いたくないと思うくらい臭くて汚いものだった。

夕方の柔らかい陽射しの下で、公園はどこまでも熱気と喧騒に包まれていた。公園を歩き回り、様々なフロート、様々なデザインの衣装を眺めるだけで楽しい。疲れた時は、公園の隅に設置されている「クワイエット・スペース」のブースで一休み。クワイエット・スペースが設けられていることからも多様性への配慮が窺える。環境音や騒音に対する感じ方は人によって異なり、まったく気にならない人もいれば、疲れたり、体調が崩れやすい人もいる。クワイエット・スペースは心身を整えるための空間である。

七時半、空はまだ明るいが、パレードは盛大に始まった。冒頭では「先住民の土地への歓迎（Welcome to Country）」の儀式が行われた。これは例の「先住民の土地であることの確認」の進化版であり、先住民の首長を招き、伝統的な舞踊や演奏などのパフォーマンスとともに、先住民側から歓迎の意を述べるという趣旨の儀式である。小規模イベントでは「確認」の儀式で事足りるが、マルディ・グラのような大規模イベントとなると「歓迎」の儀式を行うのが当然とされている。次いで「煙の儀式（Smoking Ceremony）」が実施された。これも先住民の伝統的儀式で、ハーブを焼《く》べて煙を出すというものである。その煙には厄除《やくよ》け、心身浄化の効果があると信じられている。

そして、いよいよプライドパレードの伝統となるレズビアン・バイク軍団「Dykes on Bikes」である。レインボーで飾りつけた数十台のごついバイクにレズビアンたちが乗り、クラクションを轟かせながらオックスフォード・ストリートを駆け抜けていく。二人乗りのバイクもあって、後ろの人がプログレス・プライド・フラッグやレズビアン・フラッグを見せびらかすように大きく振り回す。沸き上がる歓声と口笛の音、昂《たかぶ》る神経。女性たちの次には「Boys on Bikes」で、男たちが同じようにクラクションを鳴らしながらバイクを乗り回す。七年前にはなかった気がするが、こちらの勢いも負けていない。

バイク軍団に続き、最初のフロート「First Nations」が出発した。これは先住民のフロートである。先頭の男はアボリジナルの旗を身に纏い、身体を揺らしながら練り歩く。その後ろで、数十人の男女が十メートルほどの大蛇の張り子を掲げて行進する。続いて二つ目のフロート、「78ers」。これは初回マルディ・グラとなった一九七八年の抗議活動に参加した先達のフロートで、大型の車が出動し、車の側面にはいくつかのメッセージが掲げてある。〈なぜ未解決の憎悪犯罪があるのか?〉〈ロシアはウクライナから出ていけ!〉など。マルディ・グラのパレードでは、この二つのフロートが先頭を歩くのが習わしとなっている。この出走順からも「歴史への敬意」が感じられる。

次々と出発するフロートとやまぬ歓声の中で、夜の帳が下り、空は深海の色へと傾いていく。辺りが暗くなると、フロートにつけられている電飾がより一層映えてくる。世界中を見回しても、夜に開催されるプライドパレードは珍しいかもしれない。初回マルディ・グラは「ストーンウォールの蜂起」を記念するためにあえて蜂起が起きた夜に行われたが、それが今に続く伝統となった。もっとも、初期のマルディ・グラは六月――つまり「ストーンウォールの蜂起」が起きた月、今で言うと「プライド月間」――に行われていたが、シドニーの六月は冬で、あまりにも寒いので、第四回から二月になった。伝統というのは柔軟に変更できるものだ。シドニーだけではない。世界中のプライドパレードの多くは各地の気候に合わせて、開催時期を柔軟に決めている。最も多いのはやはり六月で、サンフランシスコやトロントなどがそうだが、ほかにも例えばバンクーバーは八月、台湾は十月、東京は四月、札幌は九月である。

四十五年と連綿と続いてきたマルディ・グラの歴史、違うのは、当初LGBTの人たちを取り締まる側にいた警察も、今やパレードの一員となって、ともにこの多様性の祭典を祝っていることだ。人間に変わる意志さえあれば、四十五年という比較的短い期間であっても、世界は大きく変わることができるのだ（ただし、警察の参加をよく思わない人たちも当然いる。今でもLGBTの人たち、とりわけトランスジェンダーは警察を代表とする国家暴力に遭いやすいことを考えると、警察の参加に反対する主張も頷《うなず》ける）。

パレードを眺めながら、七年前の記憶が何度も蘇《よみがえ》る。七年前の記憶と眼前の景色が時々交錯し、私にめまいを起こさせる。世界的災厄をいくつか経験してなお、パレードは賑やかに開催されている。それでも、決定的に失われたものもある気がしてならない。もし住む世界を選べるのなら、七年前の世界がいいのか、それとも今がいいのか、分からなくなる時がある。もちろん、私自身に関して言えば、無力で傷つきやすい二十代半ばの自分に戻るなんてまっぴらごめんだが、七年前と比べて、今では世界を覆う先行きの不透明感と閉塞感が増しているのも事実である。世界的な右傾化と保守の巻き返し、そしてLGBTを狙ったバックラッシュ。今にして思えば、バックラッシュは七年前にはすでに始まっていた。ただ、その時はまだドナルド・トランプが当選しておらず、ポスト・トゥルースもポピュリズムも今ほど台頭していなかったし、陰謀論もそこまで跳梁跋扈《ちょうりょうばっこ》していなかった。

　バーン、と耳を劈《つんざ》く爆音が響き渡り、私を物思いから現実へと引きずり戻した。どこかのフロートが大きな風船を突き破り、大量の紙吹雪が宙をひらひら舞っているのだ。群衆はより一層盛り上がり、舞い散る紙吹雪をキャッチしようと何度も跳ねて、歓声は空をも揺るがさんばかりの勢いとなった。その祝祭的な雰囲気に影響され、私は考え事をやめ、パレードの観覧に集中することにした。小難しいことを今考えてもしかたがないのだ。

　九時になって、私たちは再集合し、パレードの出走位置についた。スピーカー担当の人は音楽を流し、本隊の人たちは最後の練習を行う。私を含め、フラッグ係もそれぞれ定位置についた。スケジュールが少し遅れ、私たちは十時前にようやく出発した。

パレードのコース自体は決して長くない。ハイド・パークの南東部の交差点から出発し、オックスフォード・ストリートを行進し、ムーア・パークでゴールする。ゆっくり歩いても四十分程度の道程だ。

四十分の間、私はずっと恍惚《こうこつ》と高揚感に包まれていた。沿道で見るのと実際に歩くのとでは、見えてくる景色が全然違う。道路の両側はとにかく人で埋め尽くされており、人々はひどく熱狂し、私たちに向かって手を振ったり、レインボー・フラッグを揺らしたり、拍手したりしている。「ハッピー・マルディ・グラ」と叫ぶ人がいる。両手の親指を突き出して「You're so great!」と叫ぶ人がいる。歌を歌っている人たちがいる。情熱的な口づけを交わしている人たちがいる。サイリウムの光、液晶画面の光、前のフロートの電飾、店のネオンなど、無数の光が視界の中でぼやけ、夜の闇を照らす。歓声、歌声、口笛の音、そして大音量の音楽、圧倒的な音の洪水が全てを薙《な》ぎ倒す勢いで鼓膜をはたきながら通り過ぎていく。前のほうで赤い花火が上がっている。後ろのほうから紙吹雪が飛んでくる。沿道だけでなく、マンションのバルコニーでも黒山の人だかりだ（黒とは限らないけれど）。有料観覧席を通り過ぎる時、司会の紹介が聞こえてくる。「続きまして、日本からのチーム、カラフルチェンジラボ！　コニチワ！」。巨大なプログレス・プライド・フラッグが夜空の下ではためいている。虹色のＬＥＤライトがちかちか点滅する。振り返ると、本隊の仲間たちは満面の笑みで懸命に踊っている。スピーカーの中で、ＬｉＳＡは高らかに歌う。

どうしたって！
消せない夢も　止まれない今も
誰かのために強くなれるなら
ありがとう　悲しみよ
世界に打ちのめされて負ける意味を知った
紅蓮の華よ咲き誇れ！　運命を照らして

恍惚、陶酔、興奮、狂喜、愉悦――昂る感情に浸ったまま、情報過多の視界に気おされ、どこに目の焦点を合わせればいいかすら分からず、どこまで進んでいるのかも考える余裕はなかった。足元の道は永遠に続くかに思えたが、終わってみれば一瞬だった。終点のムーア・パークに着いた途端、音も光も遠景に退き、熱狂も高揚もおもむろに色褪《いろあ》せていく。公園に着いてからも後ろの列が詰まらないよう、しばらく前のほうへ流れるが、その間、仲間たちの顔に咲き誇っていた笑みも次第に虚脱感へと変わっていく。登山家が峠を越えてしまった後の、満足感と達成感と疲弊が入り混じった、燃え尽きたような表情になる。

「もう終わり？」

「すごい、超有名スターになった気分！」

「ほんとヤバいよね」

女子大学生たちは興奮冷めやらぬ口調で笑いながらそんな言葉を交わしていた。「さっき沿道の男の人に『I love you so much!』って言われてハグされてチューされちゃった」とフォーサイス家の子どものうちの誰かが言った。その時、まるで有終の美を飾ってやろうとでもいうかのように、後ろのほうでまた花火が上がった。バーン、バーンの音の合間に、女子たちの歓声が混ざる。私もスマホをかざして花火を撮ろうとするが、「前へ歩いて！　立ち止まらないで！」と言われたので、花火に視線を向けたまま後ろ歩きで進んだ。

花火はしばらく続き、最後は乱れ打ちで終わった。

「お疲れ様でした」「お疲れ様です」「どうでした？」「楽しかったです！」

と、私たちは互いに言い合った。

本当に、終わったのだ。


ゴールしてからは流れ解散となった。私は人の流れに沿って最寄りのムーア・パーク駅（路面電車）に辿《たど》り着いたが、パレード出場者が雪崩れ込んでいるので駅は混雑し、次の電車までまだかなり時間があった。さすがに疲れたし、早く浴衣を着替えたいので、駅を出てウーバーを呼ぶことにした。しかし近辺の道路が渋滞しているようで、車を呼んでもなかなか来ない。夏とはいえ、夜が更けると風はそこそこ肌寒い。夜風の中で、私は一人で車を三十分ほど待った。最終的に無事ホテルに着いたが、素直に電車に乗ったほうが速かった。

自分の部屋に戻り、着替えを済ませてからも、しばらく虚脱感に包まれていた。部屋は静まり返っているが、パレードの狂騒はまだ頭の中でこだましている。夕食を食べていないので、このまま寝れば夜中には空腹で目が覚めてしまいそうなくらいのお腹の空き具合である。ホテルを出て坂を下り、私は地下鉄の方角へ歩いていく。

土曜の夜だからか、それともパレードの後だからかは分からないが、キングス・クロスは繁華街らしく賑わっていた。ダーリングハースト・ロードでは若者たちが歩道でたむろし、風俗店の外で客引きとおぼしき人が声をかける相手を物色しており、ファスト・フード店の中も人でいっぱいだった。ゴミはあちこち散らかっており、車はゴミを潰して走っていく。ファスト・フード店に入ってハンバーガーを食べ、私は駅の近くの「キングス・クロス・ホテル」というパブへ向かった。

「キングス・クロス・ホテル」はこの一帯で最も栄えている老舗パブであり、六階建ての煉瓦造りのビルは堂々とした佇まいで、なんと百年以上の歴史がある。屋上にはルーフトップバーもある。

店に入ると、入口近くのテーブルで五十嵐さんたちを見つけた。

「李さん！　こっちこっち」

言われるまま五十嵐さんたちのテーブルにつく。パレードの後に不完全燃焼感を抱く者同士で誘い合わせて、ここで一杯飲んでいこうという話だったのだ。すでに零時近くにもかかわらず、店内は客で賑わっている。天井のミラーボールが回るにつれ、白い光は壁やテーブルや客たちの顔や身体を移ろっていく。パブの飾りつけはもちろんマルディ・グラ仕様で、天井には万国旗とともに様々なデザインのプライド・フラッグがかかっており、照明も（酒場なので暗めではあるが）虹色になっている。私と同じツアーの参加者で、大手信託銀行でダイバーシティ推進の仕事をしている会社員のYさんもいる。ややあって、山縣さんや、ツアーの添乗員の二人もやってきて、テーブルについた。私たちはそれぞれドリンクを頼んだ。

「乾杯！」

グラスがぶつかる音は店内に流れる音楽にかき消されてよく聞こえなかった。

「李さん、どうですか？　マルディ・グラ」と五十嵐さんが私に訊いた。

「実はマルディ・グラは二回目です」と私は答えた。「ただ、前回は沿道で見ていただけで、実際に歩くのは今回が初めてです」

「そうなんだ。楽しかった？」

「楽しかったです」

パレードを歩いていた時の多幸感と高揚感は到底「楽しい」という言葉では表現しきれないが、「はい」か「いいえ」かを訊かれたら「はい」と答えるしかなかった。「五十嵐さんは、マルディ・グラは何回目ですか？」

「そうですね……」五十嵐さんは首を傾げてしばらく数えた。「今回で三回目かな」

「えっ、三回も？」私は驚いた。

訊けば、五十嵐さんはシドニー在住のレズビアン・カップルの知り合いがいて、何回かホームステイさせてもらってマルディ・グラに参加していたという。カップルは合唱団「Sydney Gay & Lesbian Choir」のメンバーで、二〇一九年、その合唱団は日本の合唱祭でパフォーマンスを行った。山縣さんと五十嵐さんが彼らとつながりを持ったのはその前後だった。そのつながりのおかげで、五十嵐さんは二〇一九年から合唱団のフロートに交じり、パレードを歩いていた。日本でも合唱団を作ろうと思い立ったのは、そのつながりによるものが大きい。

「時々思うんだけど、レズビアンに生まれたからこそこんなつながりが持てたのだから、レズビアンでよかったなって」と五十嵐さんはしみじみ言った。

「同感です」と私は同意した。ＬＧＢＴコミュニティの一員でなければ、この世界を知ることも、こうやって異国の酒場で仲間たちと集まることもなかったのだろう。歴史を通じて、ＬＧＢＴの人たちは犯罪者や病者にされ、刑務所や死を待つ強制収容所に入れられ、笑い者やいないもの、神の計画に反する異物や自然にもとる存在として扱われ、差別を受けてきた。ＬＧＢＴとして生を受けたこと、それ自体が一つの不幸かに思える。しかし、だからこそ見えてくる風景と、悟りうる真理があるのだ。「世界中のＬＧＢＴはみな仲間」というのは吹けば飛ぶような脆い虚構だが、しかしそれでも、そこには確かな友情と連帯の証がある。

雑談していると、隣のテーブルの髭面の男性客がグラスを手に私たちに話しかけてきた。

「あなたたちはどこから来たの？」と彼は英語で訊いた。

「日本。私たちはマルディ・グラのパレードを歩くために来たの」と五十嵐さんは英語で返した。

「あなたたちはジャパンから来たんだ！　コニチワ！　トヨタ！　そして……ニッサン！」だいぶ酔っ払っているように見えるその男は、自分の知っている日本語の言葉を精一杯絞り出してからニコッと笑った。「俺はフランスから来たんだよ」

「フランス！　ボンジュール！」と五十嵐さんが言い、ほかの人も「ボンジュール」と男に挨拶した。

それから、主に五十嵐さんとＹさんがフランス人の男と取り留めのない雑談をひとしきり交わした。何を話せばいいか分からず、私は黙って聞いていた。しばらくしてから、話のネタが尽きたのか、男はまたニコッと笑い、「あなたたち、フランス語はできるかい？」

と訊いてきた。

「ごめん、フランス語はできないの」と五十嵐さん。

「じゃ、フランス語を一つ教えてあげる」

そう言って、男は私たち一人ひとりの頰っぺたにキスをし、彼の頰にもキスをさせた。そして「バイ」と言って、そのまま自分のテーブルに戻っていった。

「シドニーでは、こんな絡み方ってよくあるんですか？」

私は五十嵐さんに訊いた。男の髭のチクチクした感触はまだ頰と唇に残っている。レズビアンの私にとってそれはこれまでしたことのない、かなり異様な経験である。

「さあ、どうでしょうね」と五十嵐さんが言った。「ただ、話しかけられてもあまり嫌な絡み方をしないから、そこは日本とだいぶ違いますね」

髭の男のそれが「嫌な絡み方じゃない」のかどうか、私には分からない（知らない男から何の脈絡もなくいきなり話しかけられたら、どっちみち私にとって「いい絡み方」などありえないのだけれど）が、確かに男の絡み方はナンパにしてはかなりドライだった。私たちの一群は男女が半々で、年齢だってばらばらで、三十代から六十近くまでいるが、男は「女性を狙っている」というふうではまったくなかったし、「フランス語」にこじつけたキスにも性的な意味合いはあまり感じなかった。歌舞伎町《かぶきちょう》で容姿のいい若い女の子ばかり狙って声をかける身体目的のナンパ師連中とは全然違う（歌舞伎町では一人で歩くとめちゃくちゃ話しかけられるのに、男性と一緒に歩くとまったく話しかけられなくなる)。そもそも男の性的指向はこちらからは知りようがない。成り行きでキスされたのはあまり愉快ではないが、悪意はないようだし、欧米の酒場とはそんなものかと思うことにした。

酩酊《めいてい》は夜とともに深まっていき、深夜二時過ぎにようやく解散しようということになった。私を含めツアーメンバーは歩いてホテルへ帰れるが、五十嵐さんら合唱団メンバーの宿はハーバーブリッジの向こう側なので、タクシーを呼ぶ必要がある。私たちはキングス・クロス・ホテルの前で別れ、それぞれ帰途についた。

振り返ると、キングス・クロス・ホテルは紫の光に包まれたまま、闇夜の下で聳え立っていた。

8　さすらい、溜息、煌めき

翌日の日曜はやはり快晴の日だった。午後一時、私たちは「King Street Wharf」海岸沿いのパブ「The Sporting Globe x 4 Pines」に集まった。百名超えのツアー関係者が一堂に会しての交流パーティーが開催されるのだ。

「The Sporting Globe x 4 Pines」はその名の通りスポーツ観戦ができるアメリカン・スタイルの酒場であり、大きめのモニターとスクリーンがいくつも壁に取りつけられている。店先にはテラス席があり、店内にはバーカウンターやビリヤード台が置かれている。店の奥には広めのスペースがあり、私たちはそのスペースを貸し切りにしてパーティー会場にした。モニターに映されているのはスポーツの試合ではなく、昨夜のパレードの光景である。受付をして入場し、私はげんさんと陽子さんたちを探し当て、彼らと同じテーブルについた。

パーティーは飲み放題だが、各自表のほうのバーカウンターでドリンクを注文するシステムになっている。参加者は百人以上いるので想像に難くないが、一杯目のドリンクの注文であっという間に長蛇の列ができた（少しでも混雑を解消しようと、デキる人たちはビールを何杯かまとめて注文し、会場へ運び込んでみんなに配った。日本人の協調性はそういう時に実に助かる）。そもそも受付にも時間がかかったので、実際に乾杯できた時刻は予定よりだいぶ遅れてしまった。

会場にはステージがあり、ツアー主催者が壇上で今回のツアーの開催経緯について長々と説明していた。それと同時に食べ物も出てきた。ピザや唐揚げ、ポテトなどアメリカン・スタイルの酒場にぴったりなジャンキーな料理がテーブルに並べられ、ビュッフェ形式となっている。だけど何かが足りない。よく考えたら、料理を取るものがないのだ。フォーク類のみならず、お皿すらない。

お皿がない状態で、一体どう料理を取れというのだろう。それらの料理を見つめながら、私は戸惑ってしばらく立ち尽くした。すぐ近くに店員がいるが、彼女は我関せずと言わんばかりの冷淡な顔つきで、「料理を出してあげたのだから私の仕事は終わりだ、あなたがたがどのように料理を取るか、あるいは取ろうが取るまいが、私は関知しないし、たいして興味も関心もない」とでも言っているような、実に超然とした態度で私たちの一群をぼんやり眺めていた。振り返ると、女子大学生たちは食器なんて何のそのというふうに、皿代わりに紙ナプキンに料理を載せ、実に危うい感じでそれを両手で捧《ささ》げ持ちながら席へ戻っていった。当然のことながら、両手は料理の油とソースでべとべとになっている。にもかかわらず、誰一人店員に声をかけて「すみません、お皿をください」と英語でリクエストしようという発想を持っていないらしい。ひょっとしたらシドニーの人たちって、エコか何かの理由でビュッフェで食べる時に食器を使わないのではないか、とも考えたが、そんなわけあるか、と自分でツッコミを入れた。しかたなく、私は店員に声をかけた。「すみません、お皿とフォークはないんですか?」それで店員はようやく長い夢から覚めたように、お、おう、というふうにキッチンへ戻り、ややあってお皿とフォークの束を手に戻ってきて、料理の横に置いてくれた。何事も自力本願が大事だ。たとえ食器をリクエストするという些末なことであったとしても。

何人かの関係者のトークの後、唐突にクイズ大会をしようとする流れになった。フォーサイス家の八人の子どもで唯一の女性、伊織《いおり》さんが司会を務めた。要するにツアー参加者にそれなりに存在するらしい「大家族フォーサイス家」の視聴者へのファン・サービスのような企画だ。

「皆さん、四人で一つのグループを作ってください！」

壇上で、伊織さんは陽気な笑顔でにこやかにアナウンスした。「知らない人と交流する機会を作るために、自分以外の三人は、一人は知っている人、あと二人は知らない人を誘ってください！　せっかく同じツアーに参加しているんだから、どんどん知らない人に声をかけてほしいです！」

「やめてよぉぉ」陽子さんは悲鳴を上げた。「ここにいる人がどんだけそういう感じのグループ分けにトラウマを抱えていると思ってるんだぁ！　ここは学生時代に孤立していた陰キャの集まりなんだぞぉ！」

そうだよね、と私も苦笑した。子ども時代に学校で孤立するというのは、多くのＬＧＢＴに共通する経験と言える。

とりあえず指示通り、私は陽子さんと二人組を作った。ややあって、筑紫の女子大学生の二人組が声をかけてくれたので、無事四人グループができた。四人で改めてテーブルに着席すると、陽子さんは（抜かりなく持ち歩いている）マリフォーくまちゃんとうさちゃんをテーブルの端っこに置き、写真を撮り始めた。そして「俺裁判」と「けじすべ訴訟」のチラシを筑紫の学生たちに配り、裁判の内容を説明した。さすが有能弁護士だ。

間もなくクイズ大会が始まった。グループ間の競争形式で、問題は八問、正解数が一番多いグループはマミーの著書をもらえるという内容である。問題はＬＧＢＴ関連のものと、フォーサイス家関連の雑学がある。前者は私と陽子さんにとってさほど難しくない（「世界で初めて同性婚を法制化した国はどこ？」とか、「国際カミングアウト・デーは何月にある？」とか、「日本で最初に同性パートナーシップ制度を導入した自治体はどこ？」とか。知らない読者はググってください）が、後者（「フォーサイス家の中でフルネームが一番長い人は誰？」など）についてはYouTubeを見ていない私たちはお手上げだった。結果、八問中六問正解だった。惜しい！

クイズ大会の後はフリートークの時間（陽子さんたちは頑張って裁判のチラシを配っていた）で、四時になるとパーティーは終わり、私たちはぞろぞろと店の外へ出た。すぐ近くに船着き場があり、船がたくさん停泊している。真っ白な陽射しが私たちの影を地面に落としているが、その影は少しもぼやけておらず、輪郭がくっきりしている。私は初日に買った虹色の傘を広げ、陽光を遮った。

「これから近くで飲もうと思ってるけど、ことさんも来ない？」

と陽子さんたちに誘われたが、私はしばらく躊躇《ため》った。今日がツアー最終日なので、飲み屋で過ごすよりもシドニー市内を散歩したいと思ったのだ。何しろ、ここ数日は本当に慌ただしく、ゆっくり市内を散策する時間がなかった。そう伝えると、げんさんは笑って言った。「ことちゃんのそういうところが素敵だよね。自分の考えをはっきり言うからこちらも過度に気を遣わなくて済むし、会えれば会おうという感じで気が楽だし」

そんなものかな、と私は首を傾げながら微笑《ほほえ》み、手を振って彼らと別れた。大人になり、処世術と社交術というものを多少なりとも身につけてから、私は集団でわいわいする楽しさを知ったが、それでもやはり、一人でいる時にしか見えない風景があると思う。

港から十五分ほど歩くと、市庁舎のある一帯、シドニーの中心部に着いた。巨大都市・東京とは違い、シドニー市は実にコンパクトにまとまっている。市庁舎の隣にあるQVBはロマネスク様式の壮麗なショッピングモールである。玉葱《たまねぎ》の形をしたドーム、アーチ形の柱、教会のような色とりどりのステンドグラス、三階まで吹き抜けの開放感ある高い天井、そして天井から吊《つ》り下がっている、華麗な装飾の施された大きな時計。モール内は興味のないハイブランドの店ばかりだが、買い物をしなくても建物を見物するだけで十分楽しい。二階ではマルディ・グラの展示の一環として、シドニーのクィア・シーンの著名人を紹介するパネル展が開催されている。Janine Middleton、Felicia Foxx など、まったく知らない人たちだが、彼ら彼女たちもまた、この国でLGBTの権利回復の歴史を切り拓いてきた先人たちだろう。パネル展が開催されている一角では、大きなドラァグクイーンの垂れ幕がぶら下がっている。

モール内を歩き回っていると、一階の喫茶店の近くでフォーサイス家の人たちとばったり会った。彼らも交流パーティーが終わった後にここへ来て、一休みしているところらしい。少し立ち話をし、連絡先を交換した。この世界には二十三歳で一人で台湾から日本へ渡り、第二言語で小説を書き、作家としてキャリアを築くというような人生もあれば、二十六歳で一人で日本からオーストラリアへ渡り、国際結婚をし、八人の子どもを出産するという人生もあるのだ。ＱＶＢの外に出ると、筑紫の女子大学生たちが集合し、引率の教員が何か話をしているのが見えた。筑紫組は団体行動が多いらしい。それにしても、シドニーくらいコンパクトな都市になると、普通に街を歩いていても知り合いとしょっちゅう鉢合わせする。

前日の賑わいが夢か幻だったように、ハイド・パークはゲートや屋台や仮設トイレが綺麗に撤去されており、普段通りの閑静な公園に戻った。セント・メアリー大聖堂の尖塔《せんとう》が高く聳え、その前に彫像と噴水があり、芝生が広がっている。芝生では何組かの人がピクニックをしたり、ただ芝生に座っておしゃべりしたりしており、アイビスがあちこちで跳ねている。アイビスは長く黒い嘴《くちばし》が特徴的で、日本の鳩と同じくらいオーストラリアでは文字通りどこでも見かける鳥である。そして日本のカラスと同じくらいゴミを漁《あさ》るので、現地の住民には煙たがられているという。

ハイド・パークの北のほうに、シドニー博物館がある。入館無料で、オーストラリア入植の歴史が紹介されている。説明によれば、この博物館は初代植民地総督邸の跡地に建っているらしい。とはいえ、展示内容はやや薄く、長尺映像の上映といくつかのパネル展示しかなかった。映像はベネロングという先住民に関するものだった。

ベネロングはエオラ族の男性である。一七七〇年、キャプテン・クックはオーストラリアに上陸した最初のヨーロッパ人になったが、一七八〇年代以降、流刑地の確保という目的もあり、イギリスはオーストラリアの植民地支配を本格化した。一七八八年、フィリップ総司令官率いる第一船団が囚人を乗せてオーストラリアに到着。翌年、現地事情を学ぶためにフィリップは先住民を一人捕まえたが、その人はすぐ天然痘に感染して死亡した。フィリップはさらに二人の先住民を捕らえ、彼らから先住民の言語と慣習を学ぼうとした。そのうちの一人がベネロングだった。

ベネロングは学習能力が高く、英語をいち早く習得し、フィリップとも良好な関係を築いた。一七九二年、彼はフィリップに同行する形でイギリスを訪問した。

「ベネロングがイギリスに上陸すると、黒人を見たことがない白人たちは彼を見て『なんて肌が黒いんだ！　洗ったら白くなるよね？』などと驚いていたよ」

映像の中で、一人の歴史学者はそう語った。映像を観ていた観客たちから笑いが巻き起こった。

私は笑わなかった。笑えなかったのだ。どの時代も、マジョリティの無知と傲慢はいつも同じパターンだ。「黒人の肌は洗えば白くなる」という考えは現代では荒唐無稽なジョークとして一笑に付されるが、「同性愛者の性的指向は変えられる」「トランスジェンダーの性自認は自称に過ぎない」「ＬＧＢＴは矯正できる」といった言説を信じ込んでいる人は、いまだに多い。これらの愚説の根っこはどれも同じ、「自分と違うあり方の人間は普通ではない。普通ではないものは矯正できるし、矯正すべきだ」という、どこまでも驕《おご》り高ぶった特権意識に基づいている。

博物館を出て、ピット・ストリートを散策する。これは市内を南北に走る商店街で、歩行者天国になっており、大道芸人やミュージシャンたちがよくパフォーマンスと路上ライブをやっているので、かなり活気がある。ふとスキンケア・ブランドのイソップ（Aēsop）の店舗があることに気づいた。店頭では十数人の列ができている。「イソップ・クィア・ライブラリー」が開催されているのだ。

イソップは世界各国に進出するオーストラリア発の企業で、近年はＬＧＢＴコミュニティを応援する姿勢を前面に打ち出し、年一回から二年に一回、「クィア・ライブラリー」なるイベントを開催している。これはイベント期間中に商品の販売を中止し（つまり売上を犠牲にし）、事前に購入したＬＧＢＴ関連の書籍や文学作品を店内に展示し、来店客に一人一冊ずつ無料配布するという、前代未聞の太っ腹な取り組みである。日本でも二〇二二年十月、新宿と大阪でそれぞれ開催され、そこそこ盛り上がった。私の小説も百冊単位で購入していただいている。ありがたやありがたや。

シドニーのクィア・ライブラリーは当然、マルディ・グラ期間に合わせて開催される。その様子が気になり、私も列に加わった。並んでいる時、隣の大学生くらいの女性が『The Fatal Shore』という本を読んでいた。調べると、一九八六年に出版されたオーストラリアの歴史ノンフィクションで、日本語訳はないらしい。この世界では実に色々な人が、色々なところで、色々な言葉で自分たちの歴史を綴《つづ》っている。

十分ほどして入場した。店内は別に混雑しておらず、むしろかなり空いているが、それでも店先に列ができたということは、入場人数を店側で制限しているということだろう。快適に過ごし、ゆっくり本を読んで選べる空間づくりのための工夫が窺える。日本のクィア・ライブラリーとは違い、この店舗は商品の販売を全て中止にしているわけではないようだ。店内の棚の半分くらいは本を陳列しているが、もう半分は通常通り商品を並べている。イソップの店舗に特有の香りに包まれ、私は陳列されている本を一通り見て回った。もちろん全部英語だし、知っている作品は一冊もない。日本のクィア・ライブラリーは小説を中心に選書しているが、この店舗はノンフィクションや自叙伝が多い。知らない著者の知らない作品ばかりだが、クィア・コミュニティに関心がある本好きの人たちに囲まれていると、ここは自分の居場所だという安心感が得られる。だが結局、どうせ英語の本は読めないだろうからと、私は本をもらわず店を出た。

市庁舎周辺に戻り、紀伊國屋《きのくにや》書店に入った。書店の外では「KINO CELEBRATES

WORLD PRIDE 2023」の虹色のポスターが掲出されていた。日本企業もシドニーにくるとプライドを祝うようになるのだ。それなら日本でもやってくれればいいのに、と思った。

シドニーの紀伊國屋書店は日本語の本をほとんど売っていないが、代わりに日本文学の英訳本の販売に力を入れているようだ。レジ横の平台に、英訳されている日本文学の本が大量に平積みされており、小さな山を作っている。津村記久子《つむらきくこ》『この世にたやすい仕事はない』、川上未映子《かわかみみえこ》『すべて真夜中の恋人たち』、松本清張《まつもとせいちょう》『点と線』、村上春樹《むらかみはるき》『ノルウェイの森』、夏目漱石《なつめそうせき》『吾輩《わがはい》は猫である』、八木詠美《やぎえみ》『空芯手帳』、宇佐見《うさみ》りん『推し、燃ゆ』、村田沙耶香《むらたさやか》『生命式』など、世代もキャリアも異なる様々な作家が入り交じって陳列されている。光栄なことに、私の『独り舞』の英訳も並んでいる。英語が覇権を握るこの時代に、日本語で作品を発表しても列島を出ることはないが、英訳された途端、南半球の大陸にまで届いてしまう。その現実を、私は改めて嚙み締めざるを得なかった。

そろそろ日が暮れてきたので夕食を食べようと思い、バスでチャイナタウンへ向かった。欧米の大都市に必ずと言っていいほど存在するチャイナタウンを訪れると、私は親しみを覚える。百年ないし数百年前に中国を飛び出した移民たちが、自らの手でこれらの街を築き上げ、その中で自分たちの言語と文化と生活様式を伝承してきた。そう考えると、やはりその歴史に敬意を払いたくなる。何より、チャイナタウンに一歩足を踏み入れると別世界のようで、視界に入る文字はアルファベットから一気に馴染《なじ》みの漢字に変わり、聞こえてくる言語も俄然英語から中国語や広東語《カントン》になる。チャイナタウンに対して否応なしに湧き上がる懐かしさや親しみといった感情を覚えるたびに、私は自分がやはりアジア人で、中国語圏・中華文化圏の末裔《まつえい》であるという事実を改めて思い出す（もっとも、ロサンゼルスのリトル・トーキョーという日本人街を訪れた時、私はやはり同じ種類の親しみを覚えた）。

ところが、今回チャイナタウンを訪れた時、私は前みたいな高揚感を抱かなかった。シドニー都心の南西部にあるチャイナタウンに近づくにつれ、目に入る色彩も見る見るうちに色褪せたからだ。チャイナタウンは恐らく、シドニーでマルディ・グラを意識せずに過ごせる数少ない地域の一つだろう。都心の至るところではためくプログレス・プライド・フラッグや、どこでも見かけるレインボーの装飾は、チャイナタウンではほとんど見かけない（雑貨店がレインボー・フラッグを売っているくらい）。そのせいか、チャイナタウンに特有の薄汚れた感じが余計に目立った。広東料理の店に入り、焼臘《シャウラー》定食を頼んだ。残念ながらあまりおいしくなかったし、店内を飛び回る蠅《はえ》と、時々パッと鳴り響く電撃殺虫器の感電音、そして焼けた虫の臭いも気になった。

チャイナタウンを離れた時、空はすっかり暗くなっていた。この時期のシドニーは夜八時ごろまでは空がぼんやり明るく、八時を過ぎてからようやく黒い闇にゆっくり傾いていく。路面電車に乗り、港へ向かう。電車もレインボーに彩られている。向かい側に座っている留学生か観光客か分からない中国人の若い男女の会話が聞こえてくる。「これらの虹の装飾って、同性愛者のシンボル？」「そうだね、海外は本当にそういうところがオープンで、あまり偏見がない。俺はまだあまり受け入れられてないけど」

サーキュラーキー駅に着いたのは九時過ぎで、私はネオン煌めくハーバーブリッジを眺めながらオペラハウスへ向かって歩いた。この季節のオペラハウス周辺の夜は本当に好きだ。暑すぎず寒すぎず、柔らかい潮風が吹き抜けてとても過ごしやすい。オペラハウスへの徒歩十分間の道はカフェやお土産ショップが立ち並び、混雑するほど人は多くないが、程よく賑わってはいる。店のネオンや街灯の光、そして大型客船の明かりが漆黒の海面に映り、どこまでも幻想的な光景である。歩きながら、そう言えば七年前はそこの店でミルクシェイクを買ったな、あそこのマックで食事したな、などと懐かしく思い出す。

「ハイ！」

思い出に浸っていると、突然横から話しかけられた。振り返ると、褐色肌の三十代くらいの男だった。「あなたが向こうから歩いてくるのをずっと見ていて、綺麗な人だなと思ったんだけど、少しお話をしても？」

新宿の街で男の人に話しかけられたら絶対にそうしたように、私は反射的に無視しようとした。東京で長く暮らしていると、知らない人に話しかけられたら、それは十中八九ナンパか客引きかスカウトか押し売りかのどれかであり、とにかくいいことがない、無視してその場を離れるのが一番だ、そういう条件反射はもう私の身体に沁《し》みついている。しかし次の瞬間、ここがシドニーであることを思い出す。ひょっとしたらシドニーでは、ただおしゃべりがしたくて道で知らない人に話しかけることもあるかもしれない。私はスキャンするように男を観察した。男はかばんなどの荷物を持っておらず、脇に一冊の本を挟んでいるだけだった。挙動も話し方もチャラい感じはなく、礼儀正しいとすら言える。悪い人ではなさそうだ。

「いいよ」

特に急いでいるわけでもないし、私はそう返事した。

私たちは歩きながら軽く自己紹介した。男はインド出身で、六年前にインドからシドニーへ引っ越してきて、今はＩＴ企業でシステムエンジニアとして働いているという。確かに男が喋る英語は典型的なインド・アクセントだ。流れる川のような滑らかさはなく、発音のところどころ――特に「ｔ」と「ｒ」の音――が粒立っているような印象を受け、私には聞き取りづらい。ゆっくり話してもらっても、かなり集中していないととても聞き取れない。マルディ・グラを見るためにシドニーに来た、と私が言うと、男は、

「えっ？　なんだって？」

と訊き返した。

「マルディ・グラ。マルディ・グラを見るためにシドニーに来たって言った」と私は繰り

返した。

「マルディ・グラ？」男はそれでもよく分からないようだった。「それは何？」

「マルディ・グラを知らないの？」私はびっくりした。男はシドニーに六年住んでいると言っていた。シドニーに六年住んでいながらマルディ・グラを知らない人間など、果たしているのだろうか。

　らちが明かないので、私は「M-a-r-d-i G-r-a-s」というふうに、スペルで言った。すると男はようやく悟ったように、「おお、マルディ・グレスのことを言ってるのか」と言った。

「Mardi Gras」という言葉について、私は何度も英語話者が言っているのを聞いたし、調べたこともあるので、その発音は「マルディ・グレス」ではなく「マルディ・グラ」が正しいという自信がある。「Gras」の「a」は「ア」の音で、最後の「s」は発音しないのだ。にもかかわらず、男はまるで私の発音が間違いで、それを訂正するように「グレス」と強調気味に発音してみせた。私は少し不愉快な気持ちになったが、こんな些細なことで気分を悪くするのも馬鹿らしいと思い、顔には出さなかった。

　私たちは海辺のベンチに腰をかけ、彼はオペラハウスをバックに何枚か写真を撮ってくれた。私は日本から来たのだと話すと、自分の元カノも日本人だと彼は言った。「だから僕は東京にも行ったことがある。東京は大都市で、人がいっぱい」

「元カノさんは今何をしてるの？」

「日本に帰って、日本人と婚約しちゃった」と彼は肩をすくめた。「付き合っていた時、彼女はよく日本料理を作ってくれた」そしていくつか日本料理の名前を挙げた。どうやら本当のことらしい。

「なんでマルディ・グレスに興味があるの？」

と彼が訊いたので、

「だって、世界最大級のＬＧＢＴのフェスティバルで、とても賑やかでしょ？」

と私は答えた。

「確かに、とても賑やかだ」と彼も同意した。

「そしてちなみに、私はレズビアンなの」

私はカミングアウトした。男に下心があるようには見えないが、彼に恋愛感情を持つことは決してないということを、一応知らせておいたほうがいいと思った。「おう、そうなんだね」と男は相槌を打った。

それから、シドニーの冬は寒いの？（そこそこ寒いけど雪までは降らない）とか、シドニー生活はどんな感じ？（そこそこ快適だ）とか、シドニーの労働環境はどう？（そんなに労働時間も長くないし賃金もいい）とかいった話題を振り、男としばらく取り留めのない雑談をした。本当に知りたいというより、話をつなげるための儀礼的な振る舞いだった（本当に知りたいなら自分で調べたほうがよっぽど正確な情報が手に入る）。そろそろ話題が尽きてきたので、私は男が持っている本を指差し、それは何についての本なのか訊《たず》ねた。

すると、男は急に饒舌に喋り始めた。それまではなんとか双方向的なコミュニケーションを保てていたが、男がまくし立て始めると、インド・アクセントのこともあり、私はとても聞き取れなかった。頑張って集中したが、断片的な情報しか頭に入らない。どうやらそれは心理学の本で、人間は子ども時代に親からこんなふうに扱われたら、大人になるとこうこうこういうふうな傾向を示す、みたいな内容らしい。たいして面白い話とは思わないが、それでも儀礼的に、へえ、面白そう、と相槌を打っていると、男はさらに勢いづき、私が言葉を挟む余地もないくらい一人で喋り続けた。最終的に（疲れたので）私は相槌を打つことすら諦め、男の話を分かっている振りをしながらひたすら頷き続けた。本当は半分くらいしか聞き取れなかったけれど。

日本式のコミュニケーションで、私たちは相手の表情と反応を観察しながら会話を展開することに慣れている。相手が疲れたり飽きたりといった素振りを見せるか、あるいはしばらく黙っていると、こちらも自分の話が面白くなかったのではないか、一方的に喋りすぎたのではないかと反省し、話題を変えるなり、相手に話を振るなりする。こうやって双方向的なコミュニケーションが成り立つわけである。逆に自分が話についていけていない時も、それをはっきり表明するまでもなく、相手が察して説明を加えたり、話題を変えたりしてくれることがほとんどだ。これが日本式コミュニケーションの、いわば暗黙のルールのようなものだろう。

ところが、この暗黙のルールは目の前の男にはまったく通用しない。私は儀礼的な微笑みを浮かべたまま、時々頷くだけで何も言葉を挟まないでいると、男はこちらの反応にお構いなしに、一人で延々と喋り続けた。それこそ口から滝でも流れているように、ものすごい勢いで滔々《とうとう》とまくし立てた。私はあくびを我慢しながら興味津々の振りをしているが、内心では男が早くこちらの沈黙と退屈を察して話題を変えてくれることを願っていた。自分の笑顔が強張《こわば》っていくのが分かる。一言も発せられないままどれくらい経ったのか、恐らく二十分は過ぎていると思うが、男の演説はなおも続き、止まる気配がない。シドニーで過ごす最後の夜なのになぜ見ず知らずの男の話にこれだけ時間を取られなければならないのかと、不条理な気持ちになった。

Sorry, no offense. いよいよ我慢できなくなり、私は男の話を遮った。気分を悪くさせないために申し訳なさそうな表情を作り、腕時計を指で示した。But I have to go. すると、男は可哀想な表情になった。本当に雨に濡れた野良犬みたいに口元と目じりが垂れ下がり、「可哀想」としか形容しようのない表情になった。その顔を見ると気の毒で、もう少し話に付き合ってあげようかという気が一瞬起きたが、会話を切り上げるチャンスを逃すわけにはいかない。私は男に会釈をし、そそくさとその場を離れた。

オペラハウスのところまで逃げ、男がついてきていないことを確認してから、私はふうと長い息を吐いた。男の長ったらしい話をずっと集中して聞き取ろうとしていたから、かなり疲れた。相手がまったく無反応なのに、なぜあんなふうに一人で一方的に喋り続けることができるのか、私には本当に分からない。なぜ道で話しかけてくるのは男の人ばかりなのか。なぜ自分はあんなふうに我慢して話を聞いていたのか。あの男は悪い人ではないし、話が長いという点を除けば、立ち居振る舞いはむしろかなり紳士的なほうだったが、それでもまったく気分が害されなかったと言えば嘘になる。文脈がはっきり聞き取れたというわけではないが、マルディ・グラの話に触れた時、男は確かに「ＬＧＢＴといっても、例えば身体が男性の人が自分は女だと言って女子トイレに入るようなことは、僕は受け入れられないけどね」というようなことを言っていた。私はトランスジェンダーのこともトイレのことも一切話題に出さなかったのに、なぜいきなりこんなトランスへの偏見のテンプレートのような発言が出てきたのか、実に不可解だった。とはいえ、この話は日本語でも到底一言二言では説明できないのだから英語となるともっと無理だし、私としても初対面の人にＬＧＢＴの入門授業をしてさしあげる気はさらさらないから、頷きながら適当に流した。分かったのは、ＬＧＢＴといったらすぐこの種の偏見が出てくるというのは、二〇二三年の今、本当に多くの国に共通している問題だということだった。世界的な反ＬＧＢＴのバックラッシュ。そのことを思い出すと、私はいらつきを覚えずにはいられない。いらついてくると、半分しか聞き取れなかった「人間は子ども時代に親からこんなふうに扱われたら、大人になるとこうこうこういうふうな傾向を示す」というような男の長ったらしい演説も、ひょっとしたら「あなたがレズビアンになったのは親との関係のせいだ」的なことを言いたかったのではないかと疑いたくなる。本当のことは分からないが、そんな疑いが浮かんだ時点で私はさらにいらいらが募り、真っ黒な海を眺めながら一人で悶々《もんもん》としていた。

オペラハウスのすぐ横にある一列の街灯はプログレス・プライド・カラーの十一色になっており、とても美しい。ハーバーブリッジは一昨日見た時と同じレインボー色に染まっていて、その光は左から右へと緩やかに流れていく。恐らくマルディ・グラ期間中はずっとこの色なのだろう。鮮やかな光が流れる様子を撮ろうと、私はカメラを橋に向け、タイムラプス撮影を設定した。

すると、緩やかな光の流れが急に止まり、次の瞬間、まったく違う色が橋を染め上げた。水色、ピンク、白――トランスジェンダー・カラーだ！　橋に取り付けられている明かりは紛れもなくこの三色に灯っている。その光に見入ったまま、何が起こったのか、私は一瞬分からなかった。橋の明かりは真っ黒な海面に映り、さながら海原に浮かぶ巨大なトランスジェンダー・フラッグに見えた。

なんでトランスジェンダー・カラーなんだろう、と私が戸惑っているうちに、橋の光はまた虹色に戻って流れ出し、そして今度は違う色になった。紫、ピンク、白、黄、橙のグラデーション――レズビアン・カラーだ！　このように、橋の光は虹色を挟み、様々なプライド・カラーを次々と演出していく。青、紫、ピンク――これはバイセクシュアル・カラー。紫、黄、白――ノンバイナリー。水色、橙、ピンク――パンセクシュアル。水色、ピンク、緑――これはポリセクシュアルだ。

腕時計を見ると、夜十時過ぎだった。恐らく十時になるとライトショーが始まる段取りだったのだろうが、それを知らなかった私にとっては完全なるサプライズだ。橋の光が変わるたびに、海には違う種類の巨大なプライド・フラッグが浮かび上がる。それを眺めていると、私は祝福されたような多幸感に包まれ、先刻の不愉快も吹っ切れた。

ああ、私はやはりプライドが好きで、マルディ・グラが好きで、シドニーが好きだと、そう思った。

二〇一〇年代も後半になると、ＬＧＢＴのシンボルである六色のレインボー・フラッグはかなり知れ渡り、それに伴い、様々なアイデンティティを示す新しい旗が作られるようになった。トランスジェンダーの旗、レズビアンの旗、バイセクシュアルの旗などが、それぞれのコミュニティのシンボルとして掲げられ始めた。欧米のプライド月間には、都市によってはプライドパレードだけでなく、レズビアンたちのダイクマーチや、トランスの人たちのトランスマーチなどもある。しかしそれはＬＧＢＴコミュニティの分断を意味しない。それぞれのアイデンティティ固有の政治的課題を抱え、それに対処しつつも、十一色のプログレス・プライド・フラッグが示すように、みんなやはり虹の下で連帯しているのだ。コミュニティの連帯を重んじるのと同時に、内部の多様性にも注視する。「バラバラに、ともに」――どこかで見かけたその言葉が心に浮かんだ。ハーバーブリッジのライトショーは、まさにその精神を体現しているように、私には感じられた。

港を離れ、ホテルに戻った時には十一時近くになっていた。前日知り合ったYさんからLINEのメッセージが来た。

〈キングス・クロス・ホテルのルーフトップで飲んでるけど来ない?〉

とても行きたかったが、一日中歩き回っていたのでさすがにもう身体は動かない。その旨を返信し、私はベッドに倒れ込んだ。

長いようで短いようで、とにもかくにも、これで旅は終わるのだ。

9　理解増進法、絶望、光明

私のシドニー旅行は、一回目は失恋直後、二回目は高級官僚が超弩級の差別発言をぶっ放した直後だった。このように、私にとってシドニーは期せずして癒しの地となった。

私がシドニーで合唱コンサートを聴いたり、パレードを歩いたり、ハーバーブリッジのライトショーに目を奪われたりしている間、日本ではまったく別の時間が流れていた。L

GBT理解増進法の成立が現実味を帯びてくると、様々なデマと恐怖扇動、差別言説がネット空間を飛び交うようになった。そしていよいよネット空間にとどまらず、現実世界でもヘイトデモが行われ、街宣がなされ、デマのチラシがばら撒かれた。政治の場でも、地方議員や国会議員が誤解と偏見に基づく発言を盛んに行った。

日本に帰りたくないな。シドニー国際空港で搭乗を待っていた時、げんさんはそう嘆いた。それは多くの人が考えていたことでもあった。

しかし、私たちは日本に帰らなければならない。シドニーでの癒しは、旅人の私たちにとっては短い夢であり、蜃気楼《しんきろう》の類でしかない。日本こそが私たちの現実である。つかの間の癒しの夢を見たが、私たちは最終的に自分の現実と向き合わなければならない。

焼け野原のような状況が、数か月続いた。色々な人がそれぞれの持ち場で闘ったが、結局世界的な反LGBTのバックラッシュをせき止めることはできなかった。「トランスジェンダーをてこの支点にして、LGBT全体の権利に反対する」という欧米発の狡猾《こうかつ》な戦略は、保守大国・日本では大きな成果を収めた。

ネットで、街宣で、そして保守系メディアで大手を振ってばら撒かれるトランス差別言説のほとんどは、過去に同性愛者に対して使われていたレトリックの再利用でしかなかった。

七〇年代のアメリカで、一部のフェミニストはレズビアンたちを「ラベンダー色の脅威」と呼び、彼女たちをフェミニズムの運動から排除しようとした。現代では、差別者は「トランスは女性の安全を脅かす」と喧伝し、トランスを社会生活から排除しようとする。

七〇年代、アニタ・ブライアントは「同性愛者は私たちの子どもを勧誘しようとしている」と触れ回った。現代では、差別者は「トランスの活動家は子どもを性転換させようとしている」と触れ回る。

七〇年代、ブライアントは「同性愛者の権利を認めると、次は売春婦や獣姦《じゅうかん》をする人の権利も認めなければならなくなる」と煽った。現代では、差別者は「性自認を認めると、次は年齢自認、人種自認、猫自認、神自認も認めなければならなくなる」と煽る。

過去の人々は同性愛者と聞くと、「セックスはどうするか」「誰が男役で誰が女役か」と詮索したがった。そして今、人々はトランスと聞くと、「股間の形はどうなっているのか」「手術はしたのか」「トイレはどっちを使うのか」などと詮索したがる。

過去の人々は同性愛者に対して「同性愛は生物学的に間違っている」と言い放った。今の人々はトランスに対して「トランスの性自認は生物学的事実に反する」と言い放つ。

過去の人々は「誰々は実はホモだレズだ」と暴露に興じ、「ホモ狩り」に勤《いそ》しんでいた。今の人々は「誰々は実はトランスだ元男だ元女だ」と暴露に興じ、「トランス狩り」に勤しむ。

過去に、異性愛者たちは「私たちは異性愛者などではない、普通の人間だ」と声高に主張した。今、シスジェンダーの人たちは「私たちはシスジェンダーなどではない、普通の男／女だ」と放言する。

過去に、大人たちは同性愛的な傾向を示す子どもに対して「きっと勘違いだ、一過性のものだ、大人になれば治る」と諭していた。今、大人たちはトランス的な傾向を示す子どもに対して「きっと勘違いだ、一過性のものだ、大人になれば治る」と諭す。

二〇〇〇年代の日本で、保守派は「男女共同参画を推進すると国家と家族が解体される」と言い張り、統一教会（当時）の『世界日報』は宮崎県都城《みやこのじょう》市の男女共同参画条例について、『性的指向』という言葉を入れると、都城市は全国から同性愛者が集まる『同性愛解放区』になる！」と扇動した。そして今、差別者たちは「法律に『性自認』という言葉を入れると女は消される！　日本の女湯を狙って海外から自称女の男が殺到する！女湯に侵入しても自分は心は女だと言い張れば処罰できなくなる！」と扇動する。

差別言説は実にエコで便利なもので、一度淘汰《とうた》され効果を失った言説であっても、標的さえ変えれば数十年の時間をものともせず、たちまち復活を遂げる。

さらに悪いことに、婚姻の平等が認められ、同性愛者が曲がりなりにも市民権を得ている欧米先進国では、「ＬＧＢからＴを切り離し、分断して制圧する」という邪悪な戦略を実現するためには、「私たちはＬＧＢの権利には賛成だが、Ｔは反対だ」と、ＬＧＢの味方のふりをしなければならない。イギリスでは「ＬＧＢアライアンス」なる反トランスの団体まで設立された。しかし同性愛者が市民権を得ていない日本では、差別者はそんなふりをする必要すらない。「性自認法令化反対！」「自称女の男が女湯に入り放題！」と恐怖さえ煽れば、ＬＧＢＴ理解増進法に反対する大義名分《へりくつ》が手に入る。国会議員への返り咲きを目指している松浦大悟《まつうらだいご》はYouTubeで、台湾の同性婚制度について間違った情報を流布した上で、「自称女性の男性が女性と同性婚すると法的に女性として認めなければならなくなる」といった荒唐無稽な言説を撒き散らす。同性婚と性別変更はまったく別の制度だからそんなことはありえない（異性婚だろうと同性婚だろうと、結婚することで法的な性別が変わることはない）が、松浦の意図ははっきりしている。トランスに対する大衆の恐怖と無知と無理解を利用し、同性婚への反感を煽ろうとしているのだ。

　そもそも「ＬＧＢＴ理解増進法」は実効性の薄い法律だ。そんな法律ができたところで、当事者の生きづらさが解消されるとは思えない。ＬＧＢＴコミュニティの主な政治的課題、それは①婚姻の平等（同性婚）の実現、②性別変更要件の緩和、③包括的差別禁止・解消法の制定、この三つである。しかし、そのどれもやりたくない政権与党が、それでも国際社会に対し「俺たちはＬＧＢＴについてなんかやってる」ことをアピールするために出てきたのが、このアリバイ作り法案だ。

　だからこそ、「ＬＧＢＴ理解増進法」が成立してもしなくても、私は心底どうでもよかった。二〇二一年に理解増進法の与野党合意案ができ、自民党内で取り沙汰されていた時も、私はあまり関心がなかった。上から目線の「理解増進」など何の足しにもならないし、私に言わせれば、人はそう簡単に他者なんて理解できない。いくら理解に努めたところで、女性、同性愛者、トランスジェンダーなど、被差別属性を背負う人間の生の実感は、そんな差別を受けていない人にとっては所詮他人事《ひとごと》だろう。ほかの集団より格下の存在と見なされ、偏見と差別によって日々の生活が侵食され、世界が狭まっていく、あの実感、あの恐怖、あの屈辱、あの窮屈さと絶望感は結局のところ、経験した人にしか分からない。欲しいのは上辺の理解ではなく、平等の権利なのだ。

私にとって予想外だったのは、そんな役立たずのアリバイ法案すら、自民党保守派が成立を許さなかったということだ。二〇二一年六月、理解増進法は結局自民党内で葬られ、法案を推進した稲田朋美《いなだともみ》議員も苛烈な落選運動を起こされた。当時、反対派はやはり「理解増進法が通ると自称女の男がうんぬんかんぬん」といったデマを流していた。

かくなるうえは、法案を支持するしかない。二〇二三年二月、理解増進法をめぐって議論が再燃した時、私は法案の成立を望んだ。デマをデマだと証明するためにはそうするしかないからだ。二〇一〇年代、台湾で同性婚をめぐって議論が巻き起こった時も、反対派はやはり同じ手法で恐怖を煽っていた。「同性婚を認めると家庭が崩壊する」「父親も母親も祖父も祖母も消えてしまう」「エイズが蔓延《まんえん》する」「人と動物の結婚も認めざるを得なくなる」「ゲイが愛用するドラッグも合法になる」「同性婚は性の解放、氾濫、混乱、堕落を招く」と、彼らは言っていた。しかし同性婚が認められると、それらのデマも霧散した。デマは単なるデマだと、誰もが知ることになったからだ。

　まったく意外ではないが、理解増進法に反対する人たちはもっぱら「性自認」という言葉を攻撃の標的にした。これは世界的な反ＬＧＢＴの戦略と一致する。反対派はネットで「『性自認』法令化に反対する声明」を発表し、署名を呼びかけた。文芸業界では、笙野《しょうの》頼子《よりこ》、堀茂樹《ほりしげき》、小谷野敦《こやのあつし》らも呼びかけ人になった。

　デマの拡散と恐怖の扇動は止《とど》まるところを知らなかった。そのうちのいくつかはデマだと証明されたが、ＳＮＳでデマを広めた人はすぐアカウントを削除して逃げた。それでもネガティブ・キャンペーンが続き、とうとう政治にも影響を及ぼした。二年前の与野党合意案にあった「性自認」という言葉を、与党の自民党と公明党は独断で「性同一性」に修正した。一方で国民民主党と日本維新の会は、「ジェンダーアイデンティティ」に修正した法案を提出した。

　大の大人が、それも国会議員の肩書を持っている人たちが真面目くさった顔で「性自認という言葉はよくない、性同一性にしよう」「いやいや英語のジェンダーアイデンティティのままにしよう」と議論しているところを見ると、私は滑稽な気持ちでいっぱいになった。愚者も馬鹿もフールも同じであるように、性自認だろうと性同一性だろうとジェンダーアイデンティティだろうと、結局は同じことなのだ。エイプリルフールを四月馬鹿と訳したところで、クリスマスイブを聖夜と訳したところで、それらは日本の伝統的祝日にはならない。同じように、ジェンダーアイデンティティを性自認と訳したところで、それは「ある性別を自称すればその通りになる」という意味にはならない。この議論はまったく無意味で無価値なものであり、心底どうでもよかった。強いて言えば、すでに全国の様々な自治体で広く使われ、一般にも浸透し、そして言いやすい「性自認」という言葉を踏襲したほうが、法的整合性が取れるし、立法趣旨に照らしても適切だろう。理解増進を目指す法律に使われる言葉が、一般に知られていない分かりづらいものでは本末転倒である。

しかし法的整合性も立法趣旨も、政治の力には勝てなかった。二年前の与野党合意案は与党内で議論が進むたびに内容が後退し、幾度となく改悪された。そのたびに私は日本の後進性と保守派勢力の強さを思い知り、何度も何度も打ちのめされた。最終的に、国民民主党と日本維新の会の修正点を与党が丸呑みした形で「自公維国案」ができ、「ジェンダーアイデンティティ」という言葉が選ばれた。

これは前に述べたようにどうでもよかった。問題は別の条文である。例えば学校教育の項目については「家庭及び地域住民の協力を得つつ」と追記された。これは「家庭や地域住民の協力が得られなければ理解増進の施策ができない」と解釈され、理解増進どころか理解の抑制につながる可能性すらある。また法律の最後に、「措置の実施にあたってすべての国民が安心して生活できるよう留意する、政府は指針を策定する」という趣旨の蛇足条文が付け足された。一見フラットな言い回しだが、よく考えれば、これはあたかもLGBTの理解増進が国民の安心を脅かすかのような誤った前提に基づいた文章であり、議論の過程を見ても、明らかに「法案が成立すれば自称女の男が女湯に入り放題」といったデマに影響されて追記された文言である。そもそも少数派への理解増進のための法律なのに「全国民」(「国民」という言葉も個人的にはもやもやするが、それは放っておいて)への配慮が盛り込まれるなど、ナンセンスもいいところである。

自公維国案ができたのは六月八日の夜、予定可決日の一週間前だった。あまりにも急な不意打ちである。その法案を受け、LGBT当事者や支援者たちが三回にわたり、廃案を求めるデモを行った。立憲民主党参議院議員でゲイ当事者でもある石川大我《いしかわたいが》は、「この法案は毒饅頭《まんじゅう》ですらない、毒饅頭ならば毒を抜いて饅頭の部分を食べることができる。しかし、これは毒でできた饅頭だ」と述べた。CCラボやプライドハウス東京、TRPを含め、ほかにも様々な当事者団体が法案に懸念を示すか、廃案を求める声明を発表した。

LGBT理解増進を謳《うた》う法律なのに、LGBT当事者から「廃案一択」と言われてしまう、この体《てい》たらくよ。

当事者の強い反発があったにもかかわらず、自公維国案は衆議院内閣委員会、衆議院本会議、参議院内閣委員会、参議院本会議と、とんとん拍子で可決され、成立してしまった。プライド月間の六月に、である。徹頭徹尾、当事者不在の法律である。

結局のところ、「性的指向及びジェンダーアイデンティティの多様性に関する国民の理解の増進に関する法律」と題するこの法律は、誰のための法律なのだろうか？

強固な保守派や反LGBTの差別者たちはもちろん、法案の成立自体には反対し続けた。一方、多くのLGBT当事者も廃案を求めた。にもかかわらず、法律は成立してしまった。繰り返し問う。これは一体全体、誰のための法律なのだろうか？

ジャーナリストの北丸雄二《きたまるゆうじ》の言葉を借りれば、これは〈骨抜き法案どころか、抜いたその骨で少数者を突き刺すような〉法律だ。しかしそんな悲惨な様相になっても、私はまだ、本当に廃案にしたほうがよかったのかどうか決めかねている。白状すると、私は廃案を求めるデモにも行かなかった。廃案にするのが本当に正しいのかどうか、判断しかねたからだ。

台湾の同性婚法案にも、似たような蛇足条文が付け足されていた。同性婚を定める法律なのに、なぜか何の脈絡もなく、いきなり〈いかなる者又は団体も法にもとづいて信教の自由及びその他の自由権を有し、本法の施行により影響を受けることがない〉という条文が出てくるのだ。明らかに、これは同性婚に反対していた宗教団体への配慮である。政治とはこういうものだ。様々な立場と意見がせめぎ合い、その中で妥協点を見いだしていくしかない。いきなり百点を目指すのは無理だ。保守派の力が強い日本では、せいぜい三十点くらい取れれば万々歳だ。理解増進法案の度重なる改悪によって、現状の法律は果たして五点くらいか、それともマイナス十点くらいか、私には決めかねる。

はっきりしているのは、日本でできた初めての性的指向と性自認関連の法律は、当事者たちが求めたものではなく、自公維国の四党が押し通し、強行突破してできたものだということだ。

一連の騒動の中で私が最も辛かったのは、参議院内閣委員会の審議だった。委員会で、自民と維新はよりによって滝本太郎《たきもとたろう》と森奈津子《もりなつこ》を参考人として招致したのだが、これは考えられうる限り最悪の人選である。そもそも二人はLGBTの識者でも何でもない。二人とも、二〇一八年以降急に目覚めて「トランスジェンダリズムが危ない！　性自認至上主義がヤバい」と騒ぎ出した俄《にわ》かである。森は、共産党が招致した参考人の神谷悠一《かみやゆういち》（LGBT法連合会事務局長）がLGBT差別の現状を、細かいデータをあげて説明している間、ずっと嘲笑《あざわら》うようににやにやしていた（LGBT差別のどこがそんなにおかしいのだろうか？）。滝本は、見ず知らずの人間のパスポートをネットで晒《さら》し上げて誤情報を流し、事実と異なるのに殺人事件の犯人をトランス女性だと言い切り、プログレス・プライド・フラッグがかかっている風景をナチスドイツになぞらえるなど、差別的な言動を繰り返してきた人物だ。森はバイセクシュアルを名乗り、過去に百合《ゆり》小説を多数著してきたが、滝本はLGBT関連の活動歴が皆無で、LGBT当事者ですらない。

三たび問う。これは一体全体、誰のための法律なのだろうか？

法律成立後、早速自民党保守派を中心に「全ての女性の安心・安全と女子スポーツの公平性等を守る議員連盟」という名の議連が立ち上がった。その陣容を見て、私は閉口せざるを得なかった。櫻井《さくらい》よしこを特別顧問として、山谷《やまたに》えり子、杉田水脈《すぎたみお》、西田昌司《にしだしょうじ》など、一般的には超保守派として知られる面々が揃ったオールスター状態である。

山谷といえば二〇〇〇年代のジェンダー・バックラッシュの中心人物で、学校での性教育を「過激」だと叩き、性教育の冊子を回収に追い込んだ張本人だ。彼女が事務局長を務めた自民党のプロジェクトは、男女共同参画は「性差の否定」「鯉《こい》のぼりと雛祭《ひなまつ》りの否定」「男女混合騎馬戦と身体検査、同室宿泊」などと煽り、ネガティブ・キャンペーンを展開した。ジェンダー・バックラッシュのせいで日本では男女平等が遅々として進まず、今もなおジェンダーギャップ指数が世界で一二五位（二〇二三年）、先進国で最下位、女性の平均賃金が男性の七割未満、国会議員の女性割合が一割程度という悲惨な状況である。こんな人が女性の安全安心を守ろうだなんて、一体どういう冗談だろう？

杉田といえば、「女性差別は存在しない」「女子差別撤廃条約は日本の文化と伝統を壊す」「男女平等は絶対に実現し得ない反道徳の妄想」「女性はいくらでも嘘をつける」などと発言してきた人である。こんな人が女性の安全安心を守ろうだなんて、一体どういう冗談だろう？

議連の会合には滝本もゲストとして招かれ、彼が配った資料ではあろうことか、トランスの性自認を尊重する考え方を「欧米発の世界的な文化大革命」と表現している。これを読んで、私は本当に怒りを禁じえなかった。この人は一体文化大革命の何を知っているというのだろう？　数百万、数千万もの死者が出た文化大革命を反トランス、反ＬＧＢＴ運動に利用するなど、本当に卑劣極まりない。

　そんなふうにレトリックを弄していいのなら、今目の前で起きている事態は文化大革命などではなく、トランスの人々を狙ったジェノサイド、いわばホロコーストだ。特定の少数者集団を悪魔化し、非人間化し、犯罪者予備軍として描写し、恐怖と偏見を広め、危機感を煽ることで、彼らを攻撃する心理的ハードルを下げていく。最初はネット上の悪口や誹謗中傷《ひぼうちゅうしょう》に始まり、やがて脅迫、暴行、殺人といった憎悪犯罪につながっていく。ホロコーストで標的になったユダヤ人や同性愛者たちのように、シドニーで殺された約九十人のゲイ男性とトランス女性のように、イギリスで殺されたブリアナ・ゲイのように、今もなお毎年世界中で殺されている数百人のトランス女性のように、世界的な反トランスの流れが呼び戻そうとしているのは、まさにそのようなおぞましい迫害の歴史である。殺人事件が比較的少ない日本でも、トランス女性の弁護士・仲岡《なかおか》しゅんに対する殺害予告事件が六月に起きた。予告の文面のおぞましさは想像を絶する。〈男のクセに女のフリをしているオカマ野郎をメッタ刺しにして殺害する〉〈もう工事は終わってるの？　まだなら私があんたのを切ってあげるよ〉〈ただあんたを痛めつけたい〉〈あんたの舌柔らかそうだから生きたまま切り取って生で食べてみたいな、美味《おい》しそう。目玉くり抜いて無理矢理食べさせたい〉〈鼻も削《そ》ぎ落して食べさせてあげるね〉

疑う余地なく、私たちは今、世界的なバックラッシュの真っ只中《ただなか》にいる。何度でも言う。いつの時代でも差別のレトリックというのは、決してトランスジェンダーだけではない。いつの時代でも差別のレトリックというのは、最初は一般人でも受け入れやすいような穏健な主張から始まり、見る見るうちにエスカレートしていくものだ。「私たちが恐れているのはトランス当事者ではなく、トランスに偽装した犯罪者だ」と言っていた人たちが、「トランスは女性の身体を乗っ取ろうとするミソジニー野郎ばかり」「トランスは危険」「手術をしたトランス女性は性器整形しただけのオス」「性別は変えられない」「性同一性障害特例法は廃止すべき」の境地に辿り着くまで、そう時間はかからなかった。そして今度は「活動家が子どもを猥褻目的で手なずけようとしている《グルーミング》」と言って、LGBTの若者を支援する団体や、子どもに絵本を読み聞かせるドラァグクイーンを攻撃し出す。あるいは「LGBTQ+のQには小児性愛者《ペドフィリア》や死体性愛者《ネクロフィリア》も含まれている」というふうに、無理やりLGBTをペドフィリアなどに結びつけようとする。これらは全て、二〇二三年六月までに日本で起こったことだ。

このバックラッシュは七〇年代後半のアメリカや、二〇〇〇年代の日本の歴史の再演であり、違うのは、インターネットの発達で情報の流通が格段に速くなり、バックラッシュも世界的な規模になっているという点だ。後世から振り返った時、二〇二三年六月、よりによってプライド月間に成立した中途半端な理解増進法は、この時代の空気と後進性を象徴するものとして理解されるだろう。

悲しい出来事が重なるプライド月間、海外の華やかなプライドパレードのニュースを見るたびに、私はシドニー・マルディ・グラの美しい景色を思い出す。いつになったら、あの景色を日本でも見ることができるのだろうか？　絶望感が薄い膜となり身体の内側から全身に張りつき、酸欠状態のようで息苦しくなる。

しかし、と私はまた思い返す。私が初めて東京に来た二〇〇九年の夏に、とあるＬＧＢＴの学生団体のミーティングを見学した。十数人の学生（ほとんど男性）が学生会館で集会し、その後は隠れ家的な居酒屋で打ち上げをした。当時の日本では、ＬＧＢＴや性的少数者の可視性はゼロに近かった。当事者の大学生たちは「レインボー・カレッジ」というインカレのメーリングリストでつながり、月に一回の定例会議で集まるくらいだった。東京では石原《いしはら》都政のもとでＬＧＢＴ運動が抑圧され、石原慎太郎《しんたろう》本人も幾度となく同性愛者関連の差別発言を行った。当事者団体は抗議したが、まったく効果がなかった。東京のプライドパレードは中止になり、同性婚は社会的議論の対象にすらならなかった。

そして二〇一三年以降、ＬＧＢＴの認知度は次第に上がり、大手企業が多様性に取り組み始めた。東小雪《ひがしこゆき》と増原裕子《ますはらひろこ》がディズニーリゾートで女性同士の結婚式を挙げたことが注目され、牧村朝子《まきむらあさこ》がパートナーとフランスで同性婚したことも話題になった。東京のプライドパレードが復活し、パートナーシップ制度が広がり、同性婚も選挙のたびに論点の一つになった。LGBTであることをカミングアウトして活動する作家や研究者、政治家、著名人が増え、関連書籍も数多く出版された。僅か十数年で、私たちは同性愛者への差別発言が原因で高級官僚の首が飛ぶところまで来ている。*

そう考えると、希望はあるように思える。保守派は依然として強い権力を握っているが、しかし逆に言えば、そんな権力ですら理解増進法を完全に葬り去ることができないところまで、日本は進んできている。牛歩ながらも、しかし確かに一歩一歩進んでいる。理解増進法の成立がプラスになるかマイナスになるかは今後の運用によるところが大きく、今はまだ未知数だが、ジェンダー・バックラッシュを主導し、二〇二一年には法案に猛反対した山谷えり子でさえ、今回は賛成票を投じざるを得なかった。ほかでもない保守政党である自民党が、党議拘束までかけて法律を成立させたのだ。一進一退でありながら、時代の向かうべき方向はおおむね定まっている。問題があるとすれば、当事者には時間が残されていないということである。政治が牛歩している間にも当事者はどんどん歳を取り、亡くなっていく。時代の犠牲者になっていく。

＊　ただし、ほとぼりが冷めたと判断したのか、荒井勝喜は二〇二三年七月に経産省の大臣官房審議官に復帰した。更迭から半年も経っていない。さらに二〇二四年七月には通商政策局長に昇格した。

この世界は希望と絶望が織りなすモザイク。壁にぶち当たり、打ちのめされた時でも、角を一つ曲がれば道が延びている。これからも私はきっと、幾度となく絶望に沈むことになるだろう。そんな時、私は南半球の大陸、あの虹に彩られる季節を思い出すに違いない。ここことは違う別の世界が、この青い星の、海の向こう側には存在する。それを知っているだけで、私にとっては光明になる。

歌舞伎町の夜に抱かれて

大学二年生の夏休み、私は靖国《やすくに》通りにいて、道路の向こう側にある「歌舞伎町一番街」のアーチを眺めていた。

当時の私は観光ビザで東京に来ていた。初めての東京なので全てが新鮮で、上野《うえの》、池袋《いけぶくろ》、原宿《はらじゆく》、秋葉原《あきはばら》、自由《じゆう》が丘《おか》、横浜など、東京やその近辺の有名スポットを一通り歩き回った。歌舞伎町は聞いたことがある有名な街なので行ってみたいと思った。正直、どんな街なのかよく分かっていなかった（文字通り「歌舞伎」という難しそうな伝統芸能をやるところかなとぼんやり思ってはいた）。東京に住んでいた知人を誘ったら「あそこは治安悪いから行かない」とにべもなかった。しかたなく、一人で訪れることにした。とはいえ本当に足を踏み入れる勇気が持てず、道路を挟んで「一番街」のアーチを眺めるのが関の山だった。

あれから十数年が経ち、歌舞伎町の風景は大きく変わった。ＴＯＨＯシネマズができ、街が綺麗になり、ヤクザが血みどろの抗争を繰り広げていて治安が悪いというイメージもだいぶ払拭された。いち観光客に過ぎなかった私も東京に定住するようになり、曲がりなりにも作家の肩書を得た。歌舞伎町はカラオケや映画館、居酒屋などを訪れることが多くなり、時には碁会所やホテルを利用することもある。友達と手をつないで深夜二時に闊歩《かつぽ》したこともあった。「一番街」のアーチをくぐる勇気すら持てなかった自分が嘘のようだ。

それでも、歌舞伎町という街はよく分からないと思った。闇夜に煌めくネオンや不夜城的な華やかさ、アングラ的な雑多さには漠然とした憧れもあったが、そこは異性愛者の街だとどこか疎外感を覚えてもいた。

ホスト街辺りを歩いていると、「億の男」「売上1億2200万円超」などと謳う派手な看板が目に飛び込む。レズビアンの私はホストクラブに一円も使ったことがないが、そんな私とはまったく関係のないところで、これほどの大金が動いているなんて、ただただ不思議だ。実感が持てない。そもそも単位が分からない。1億2200万円ってのは、年間？　月間？　それとも一日で？　数字が大き過ぎて、金銭感覚が狂ってしまいそうだ。

雑誌『東京人』の「歌舞伎町」特集でエッセイを執筆するご縁で、歌舞伎町取材ツアーをさせてもらった。案内人の手塚《てづか》マキさんは元ホストで、今はホストクラブ、バー、レストラン、デイサービスなど手広く事業展開している「Smappa! Group」の会長であり、歌舞伎町ではかなり顔の利く存在だ。読書家の彼は文筆業界でも有名で、新聞で書評を書くほか、グループ所属のホストが詠んだ短歌を集めて出版した『ホスト万葉集』も話題になった。また、歌舞伎町でゴミ拾いをするボランティア団体「夜鳥の界」を組織する活動からも、彼の歌舞伎町愛が窺える。

＊

その日は夕方六時半に、「Smappa! Group」の総本店「SMAPPA! HANS AXEL VON FERSEN」で集合した。外観はあまり目立たないが、赤絨毯《じゅうたん》の敷かれた階段を地下一階まで下りていくと、そこはイメージ通りのホストクラブだった。直径二メートルくらいの煌びやかなクリスタル・シャンデリアが店の中央に吊り下がっており、その光が緑→白→黄→紫と移ろいゆくにつれ、店内の雰囲気も緩やかに変わっていく。シャンデリアを中心に肉厚なソファが四角く囲み、鏡張りの壁際には赤いビロードのカーテンがかかっていて重厚感を醸し出す。黒いスーツに身を包んだ手塚さんは店内の一隅に座り、ＬＩＮＥでしきりに何かメッセージを送っている。

店はまだ開店前で、出勤ホストは五人。みんなびしっとスーツを着込んでいる。手塚さんによれば一昔前ならともかく、今はスーツを着ているほうが少なく、ほとんどのホストはカジュアルな格好をしているという。この総本店ではスーツでの接客が一つの売りだそうだ。

雑誌掲載に必要な撮影が一通り終わると、怒濤《どとう》の取材ツアーが始まった。ちょうど空が真っ暗になり、人々が流れ込み始める頃だった。クラブ、バー、ニューハーフクラブ、キャバクラ、ホストクラブ、ダイニングバー、そしてアフターバー——深夜四時前までに、四十分に一軒の勢いで、総本店を入れれば計九軒の店を回った。持ち前のホスピタリティを発揮し、手塚さんは歌舞伎町初心者の私のために、実に丁寧にツアーのコースを考えてくれた。

キャバレー、キャバクラ、クラブ、セクキャバ、ラウンジ、ガールズバー、スナック、パブ、ソープランド、ファッションヘルス、ピンサロ……日本語ではいわゆる「水商売」に関する名詞があまりにも多過ぎて、今ひとつよく分からない。留学生時代、街で初めて「ガールズバー」の看板を見かけた時は「ガールズ（女子）のためのバー」かと勘違いしたほどだ。

「Smappa! Group」の運営店舗はホストクラブが多いが、クラブ「春」はグループ初の、女性が接客する水商売の店となる。しかも取材日の一週間前にオープンしたばかりの、出来立てほやほやの店だ。店内はそれほど広くはないが、濃紅の肉厚の革ソファが高級感を醸し出し、各所から寄せられた開店祝いの花が飾ってある。手塚さんの後について店に入ると、黒いスーツを着込んだがたいのいいボーイが出迎えてくれて、コートを預かってくれた。入口付近のソファには面接に来ているという女の子が心許《こころもと》なげに座っていた。

クラブもキャバクラも女性が接客する店だが、運営形態が違うと手塚さんは説明する。クラブは高級感を売りにしていて会員制を採用しているところが多く、お店の顔である「ママ」もいる。クラブで働く女性キャストは「ホステス」と言い、基本は従業員という扱いで、個々人でお客さんを取る必要性もそこまで高くない。一方でキャバクラで働く「キャバ嬢」は、手塚さん曰《いわ》く「個人事業主の集まり」であり、指名客の数が収入に直結するからキャバ嬢同士の競争が激しいという。また、ホストクラブは「クラブ」と名がついているが、運営形態はむしろキャバクラに近い。

確かに「春」で接客してくれたホステス・しおりさんは態度がおおらかで、客を取ろうという必死さは感じられない。名刺すら出さなかった。彼女はもともと「Smappa! Group」が経営するゴールデン街のバーで働いていたが、「春」のオープンに伴いこちらに移籍したとのこと。「バーで働いていた時は私服でよかったし気が楽だったけど、ここでは毎日が結婚式みたいで結構気を張ります」と、丈の短い肩出しの黒いワンピースを着ているしおりさんが笑いながら語った。話しながらも私たちのグラスに気を配っていて、グラスが空くとお代わりの飲み物を注いでくれた。手塚さんと同行の編集者Tさんはビールを頼んだが、私は安定のウーロン茶をちびちび啜《すす》っていた。

八時近くになると、瑠璃紺の着物を着たママの春香《はるか》さんがお客さんと同伴出勤してきた。

この手の店で遊んだことがない私はそこで「同伴」という制度を初めて知った。要するに店のキャストが出勤前に、店外でお客さんと待ち合わせをして、一緒に食事したり買い物したりしてから出勤するということだ。客側から見ればキャストと二人きりで過ごす時間が楽しめるし、キャスト側から見れば、お客さんが一緒に入店してくれるので指名料がもらえるというメリットがある。

春香さんはしおりさんと同様、ゴールデン街のバーから移籍してきた。その日の着物は歌舞伎町の美容院でレンタルし、着付けてもらったものだ。ホストやキャバ嬢など水商売の人たち専用の美容院やサロンは歌舞伎町にはたくさんあり、「Smappa! Group」でも数軒経営しているという。水商売の舞台裏を少しだけ窺えた気がした。

ゴールデン街はかつて、東京最大の青線地帯だった。戦後の混沌《こんとん》の中で、警察も取り締まらない「黙認売春地帯」として「赤線」が生まれ、赤線の周りに「非合法の売春地帯」として出現したのが「青線」である。ゴールデン街以外にも、新宿には有名な青線地帯がいくつもあった。赤線も青線も、一九五八年の「売春防止法」施行により廃業した。

その後、ゴールデン街は飲み屋街として生まれ変わり、文化人の集い場として脚光を浴び、作家や編集者、ジャーナリスト、映画人などが夜な夜な熱い議論や喧嘩《けんか》を繰り広げていたと言われる。ウィキペディアによれば、小説家の中上健次《なかがみけんじ》、開高健《かいこうたけし》、団鬼六《だんおにろく》、北方《きたかた》謙三《けんぞう》、遠藤周作《えんどうしゅうさく》、瀬戸内寂聴《せとうちじゃくちょう》、野坂昭如《のさかあきゆき》が常連であり、台湾の映画監督・侯孝賢《ホウシャオシエン》も来日するたびに訪れていたという。また、歌人の俵万智《たわらまち》や、小説家の馳星周《はせせいしゅう》、李良枝《イヤンジ》などもここで働いたことがある。バブル前の話だ。

　今のゴールデン街はまた随分と違う色をしている。狭いエリアに木造の長屋がぎっしり並び、二百軒に及ぶ飲み屋が集まって営業している光景は過去と変わらないが、文化人の集い場というイメージはだいぶ薄れた。代わりに集まってきたのは欧米系の外国人観光客で、コロナ禍前はゴールデン街に行くと、見た目も肌色も多種多様な人たちでいつも賑わっていて、その雰囲気が私は好きだった。人気ドラマ『深夜食堂』の舞台もゴールデン街だった。ところがコロナ禍によって観光客が激減し、さらには時短営業や休業要請などで、ゴールデン街も大打撃を受けた。パンデミック中は夜に行っても、以前の賑わいは見る影もなかった。

　ゴールデン街は歴史的には「三光町《さんこうちょう》」だったが、一九七八年に歌舞伎町一丁目に編入された。手塚さんにとっては裏庭みたいなものだろう、私一人では絶対に歩かない、建物と建物の間の狭い路地をいくつも颯爽《さっそう》と通り抜け、どこに入ろうかと店を物色していた。最終的に入ったのは「シーホース」という、五人しか入れない小さなバーだった。

　一般的な建物の場合、まず扉から一階に入り、その中の階段から二階へ行くケースがほとんどだろう。ところがゴールデン街では扉を開けるといきなり急な階段が現れ、その階段から二階へ行くという構造の店がかなり多い。同じ建物の一階と二階がそれぞれ違う店だし、入口も別々というわけだ。二階の隣の店に行こうと思えば、一度階段を下りてから、別の階段を上っていかなければならない。このような特殊な建築構造は青線時代の名残りであり、ゴールデン街以外に、新宿二丁目の新千鳥《ちどり》街というビルでも見られる（こちらは旧赤線地帯だ）。

「シーホース」もそんな二階の店だ。加えて、店内には屋根裏部屋に通じる急な階段が設けられている。その屋根裏部屋は今は荷物置き場として使われているが、青線時代はそこに布団を敷いて、もぐり売春をしていたのだ。知識として知っていたことだが、実際にこのような建築構造を見ると、歴史を見ているようで少し感動した。

「シーホース」の狭い店内では、男性の店員が一人で切り盛りしている。訊けば、この店のスタッフは曜日ごとに異なり、男性は木曜担当とのこと。名前は「ちっち」だが、当然源氏名だ。バーの仕事のほか、昼職は会社員をやっているという。

「実は俺、あまり『昼職』って言葉、好きじゃないんだよね」

雑談していると、手塚さんがふとそう言った。「まるで夜の仕事の方が格下って自分たちを卑下しているみたいで。だって、『昼職』の人たちって、『昼職』って言わないだろう？」

言われてみれば、確かにその通りだった。「昼職」という言葉は、いわゆる「夜のお仕事」をしている人たちしか使わない。その言葉には自分たちがしている「夜のお仕事」に対する、一種の後ろめたさのようなものが感じ取れる。

「あとさ、水商売をやめることを『上がる』って言うのも、何か気に食わないな」と手塚さんが続けて言った。

「水揚げって言葉もあるね」と編集者のTさんが言った。

「今でも『水揚げ』って言うんですか？」と私は驚いて訊いた。江戸時代の花街の用語ではないか。

「言うよ。キャバ嬢と結婚するのを水揚げって言うし」と手塚さんが。

要するにこういうことだ。江戸時代の遊郭などで、遊女が客に初夜を捧げることを「水揚げ」と言っていたが、現代のキャバクラ業界では、「キャバ嬢と結婚して水商売を辞めさせる」ことを「水揚げする」と言うらしい。まさしく客側が上から目線で「苦海から救い上げる」というイメージがありありと思い浮かぶのだが、確かにあまりいい言葉とは思えない。

そもそも「水商売」という言葉は、今はどんなイメージで使われているのだろう。いつしか「水商売≒お水≒風俗業」のような語感を帯びてしまい、あたかも従業員が水の中に沈んでいるようなイメージに聞こえるようになったが、もともとは収入が人気に依存する、「水のように流れる不安定な人気商売」の意味だ。本来の意味では、私のような作家も水商売の仲間に入る。人気によっては億万長者にも無一文にもなりうるという意味では、作家もキャバ嬢も同じだ（急いで付け加えると、出版不況のおかげで作家は億万長者よりも無一文になる確率の方がだいぶ高くなった。「昼職」を持っておくことをオススメする）。歌手や芸能人、スポーツ選手もそうだ。ちなみに中国語では「風俗業に従事する」ことを俗に「下海（海へ入る）」と言うのだが、こちらも「水」のイメージが絡んでいるのは偶然なのだろうか。

「シーホース」の次に、「MISO SOUP」という店を訪ねた。こちらは「シーホース」よりやや広く、カウンターには九人くらい座れるスペースがある。ここは手作りの味噌汁が飲めるコンセプトのバーで、カウンター内には二十代の女の子が二人立っている。名前は「くるみ」と「ともみ」。二人ともマスクをつけているが、素敵な笑顔はマスクの上からでも見て取れる。店内には提灯《ちょうちん》がたくさん吊り下げられていて賑やかな雰囲気を醸し出し、壁には店員のダイエットグラフが貼ってある。「春」のママの春香さんがもともと働いていたのがこの店で、ダイエットグラフにはまだ彼女の名前が載っている。「MISO SOUP」は「Smappa! Group」が初期から経営している店で、手塚さんが自ら内装を手掛け、店名をつけた唯一の店だという。私たち以外に二人の男性客がいて、それぞれ味噌汁を飲みながら和やかに談笑していた。

＊

従来「おかまバー」と呼ばれる店は大きく分けて二種類ある。一つはゲイ主体の店で、もう一つはトランスジェンダー主体の店だ。前者は店によってはママやマスターが「オネエ言葉」で喋ったり、ドラァグクイーンをやったりすることもあるにはあるが、基本は男を恋愛対象とする男の集い場であり、女装はほとんどしない。一方、後者は女装者や、男性から女性へ性別移行した人たち（トランスジェンダー）がキャストとして接客する店で、多くはキャストのダンスが観られるショータイムが設けられている。この二種類の店は、本来なら経営方式も客層も果たしている機能も大きく異なるが、ある時期までは十把一絡げに「おかまバー」と呼ばれていた。

これは、日本語の「おかま」という言葉が指し示す意味の曖昧さに由来している。LGBTやSOGI（性的指向と性自認）などの概念がまだ日本で普及していなかった時代、「男を恋愛対象とする男」「女装者」「男から女へ性別移行した人」など、幅広い人たちが「おかま」という語で呼称され、また自分たちを呼んできた歴史がある。今もなお「おかまバー」と名乗る店がたくさんあるが、前者を「ゲイバー」と、後者を「ニューハーフクラブ」と分けて呼ぶことも増えている。ゲイバーは新宿二丁目に多いが、ニューハーフクラブと言えば歌舞伎町が有名だ。普段は新宿二丁目に出入りしている私はゲイバーなら行ったことがあるが、ニューハーフクラブは入ったことがない。

「okama bar ひげガール」は、創業二十年以上の老舗ニューハーフクラブだ。店に入ると、そこそこ広い店内の中央にはショータイム用のステージが設置されており、奥のボックス席には二組ほどお客さんが座っている。スーツを着ているサラリーマン風の男性客が多い。キャストはみな煌びやかなドレスや、露出多めのワンピースを着て接客している。

黒服に案内されて席に着き、しばらく経つと二人のキャストが来てくれた。一人はパーマのかかった茶色のミディアムロングで、赤いドレスを着ている色白な「舞華《まいか》」さんで、もう一人は肌が黒く焼け、髪を小麦色に染め、唇を銀色に塗っている、いわゆるガングロファッションを身に纏う「パメラアンダーヘアー」さん。見た目も対照的な二人だが、トークスタイルもかなり違った。パメラさんはオネエ言葉でお手本みたいな毒舌おかまトークを繰り出したが、舞華さんの印象はどちらかと言えば控え目で、しおらしいという形容詞を使いたくなる。手塚さんは常連のようで、「あの人は最近どうよ？　元気？」「そうね、生活保護をもらってて元気に頑張ってるわ」みたいな会話をパメラさんと繰り広げていた。

さすが老舗だけあって、「ひげガール」には有名なキャストが何人もいる。かつて「米《よね》山《やま》ババ子」さんという、バラエティー番組にも出演していた名物おかまタレントが在籍していたが、昨年（二〇二一年）六月に心臓の持病で亡くなった。その後、店は米山さんの遺志に基づき、米山さんの等身大フィギュアを作ろうとクラウドファンディングを試みたが、なかなかお金が集まらなかったらしい。

また、現在のトップキャストのベルさんは二〇一三年公開の映画『二代目はニューハーフ』に出演したという実績があり、店内では今もその予告編映像が時々流れる。後日、映画を購入して鑑賞した。新宿二丁目に拠点を構えるヤクザの組長が「組の二代目は、昔勘当した息子を捜して継がせてくれ」という遺言を残して亡くなり、その遺志を実現するために組員が新宿の店を回り息子を捜したが、息子はすでに女になっており、ニューハーフクラブで働いている——というストーリーだ。予算が足りないせいか映像が安っぽく、ストーリーも安直な上、新宿二丁目やトランスジェンダー、そしてヤクザの描き方も紋切り型で、正直、映画作品として出来がいいとはとても言えない。しかしベルさんが演じるニューハーフのナナ役は時に可憐《かれん》で、時に凜々《りり》しく、とても美しくチャーミングに見えた。

「おかまを見世物にするのって、世間では差別って言われるけど、こんな店はいわば一種の社会的セーフティーネットだよ」と手塚さんが言った。「キャストの中にはメンタルの問題とかで人とうまくコミュニケーションが取れない人もいるんだけど、こういう店はそういう人たちを受け入れてくれるところでもあるし、輝かせてくれる居場所でもある」

正直、最初に「ひげガール」という店名を聞いた時は本能的な不快感を覚えた。「ひげ」と「ガール」というイメージが相反する二つの言葉を結びつけることによって破壊的なインパクトを生み出すことが店の狙いだろうが、トランスジェンダーという特異性を売り物にする意図があまりにも生々しく、露骨に感じられたからだ。要するに安直過ぎるネーミングである。特異性を強調して売り物にするやり方は、トランスジェンダー全体への固定観念や偏見を強化することになりかねないのではないか。と、私の中のポリコレ警察は鐘を鳴らす。

しかし、手塚さんが言ったこともその通りだと思った。「ひげガール」では毎日夜七時と八時にショーを上演するが、華やかな舞台衣装を着てステージに上がり、ダンスを披露するキャストたちはみんな輝いて見えた。映画に出演したベルさんも輝いていた。トランスジェンダー当事者の伝記本を何冊も読んだことがあるが、おかまバーで働いた経験を持つ人は少なくない。彼ら彼女たちにとっても、このような店は一種のセーフティーネットに違いないだろう。皮肉なことに、トランスジェンダーへの差別が溢れる「世間」というものがあり、そんな「世間」の猟奇趣味や非日常願望の上に「ひげガール」みたいな店の経営が成り立っている。それと同時に、店はトランスジェンダー当事者の居場所やセーフティーネットになり、彼ら彼女たちを差別から守る機能も果たしている。こんな複雑で表裏一体の構造はニューハーフクラブという場所だけでなく、恐らく風俗業全般に見えるものではないだろうか。

何かを「差別」と断じるのは簡単だが、そこから零《こぼ》れ落ちて見えなくなるものもある。

物事には様々な側面がある。ちょうど「おかま」や「ニューハーフ」といった言葉の持つ両義性と同じだ。これらの言葉は当事者を蔑む差別語や侮蔑語として使われてきた歴史を持っているのと同時に、当事者が自分たちを、時には自虐や自嘲気味に、時には誇り高く指し示す呼称でもある。何より、そこには「LGBT」や「トランスジェンダー」、「性同一性障害（性別不合）」といった欧米発祥のポリティカル・コレクトネス用語が普及するよりも遥か前から、当事者たちが引き受けてきた生の歴史がある。

マイノリティを含む全ての人が、その人生においてより多くの選択肢を手に入れられるように、構造的・制度的・社会的な差別は是正されるべきだと思う。しかし差別是正のプロセスにおいて、物事の複雑性から目を背けてはならない。何よりもやってはいけないのは、当事者が過ごしている現実を無視したまま、空疎な議論を勝手に進めてしまうことだ。

差別の定義や線引きは時代によって異なるし、その是正には時間がかかるが、本物の、生身の人生は続く。時には喜んで笑い、時には苦しんでもがきながら、唯一無二のこの瞬間を生き抜いていく。

＊

「ひげガール」でショーをちょっとだけ観て、十時過ぎに店を出た。店内に楽屋がないせいか、キャストたちはエレベーター付近に集まり、自分の出番を待っていた。

次の店はキャバクラ「AMATERAS」。地下一階にあるこのキャバクラは店名が示す通り、和柄や神社、鳥居といったモチーフが内装に用いられている。とはいえ古臭い感じではなく、花の形をしたシャンデリアも随所に飾ってあり、全体的に煌びやかなイメージを与える。階段を下りていくと、入口へつながる廊下には鳥居を模した赤く光る柱が聳えており、それを潜《くぐ》り抜けると異界に足を踏み入れたような気分になる。手塚マキさんご来店ということで、「AMATERAS」を運営する株式会社シールズ・コレクションの代表取締役の出迎えがあり、フルーツまでふるまってくれた。さすが手塚さんだ。

席に腰をかけると、何人かの女の子が出てきて、隣についてくれた。キャストが客の向かい側に座るのではなく客同士の間に入るのはキャバクラやホストクラブの接客スタイルなのだろうか、正直少し照れ臭い。みんな若いし、可愛い。香水をつけているのかいい香りがする。彼女たちが身に纏う女性性に惹かれるのと同時に、自分自身の容姿への引け目を刺激されるようで、複雑な気持ちになった。

「私は何人目ですか？」

と、私の隣についたキャストが着席するなりいきなり訊いてきた。

質問の意味が分からずはにかんでいると、名刺が差し出された。厚みのある上質な光沢紙でできた名刺の裏表両面にフルカラーの写真が印刷されている。目の前に座っているキャストは写真の中でも媚《こ》びるような上目遣いで私を見つめている。しかも名刺にはラメ入り加工が施されており、斜めから見るときらきら輝いている。

「この名刺は店が作ってくれたんですか?」

何を話せばいいか分からず、とりあえず取材っぽいことを訊いてみた。キャストの話によれば名刺の製作代金は自腹らしい。そのほかにも、出勤時のメイクやヘアスタイル、着ているドレスも自腹なので、キャバクラでの勤務は初期費用がかかるという。客がつかなければ赤字になることもあるから、なかなかシビアだ。

話をしている最中に黒服が何回か席を覗《のぞ》きに来て、こちらに向かって何かジェスチャーをした。何事かと思ったが、キャストに見せるジェスチャーらしい。キャストも了解したというふうに軽く頷いた。それからしばらくして、キャストはお辞儀をして席を離れ、代わりに別のキャストがやってきて、席についた。そしてやはり「私は何人目ですか?」と訊いてきた。

ようやく質問の意味が分かった。要するに私たちはフリーで、つまり指名なしで入店したから、キャストが交替で席につくというわけだ。十五分ごとに交替するから、その十五分の間になんとか客に気に入ってもらい、指名につなげたいとキャストたちは考えている。指名が入ると、売上の半分が収入になるという仕組みだ。目の前にいる客にとって自分が何人目なのかという情報は当然、気に入ってもらえる可能性を判断する上で大事なことでありそれによって接客スタイルが違ってくるのだろう。攻め気味で行くか、それとも控え目でいいのか——熾烈《しれつ》な指名争いは静かに繰り広げられているというわけだ。

二人目のキャストは、自分は一日目の勤務であり、昨日までは体入だったと明かす。

「タイニュウ?」聞き慣れない言葉に私は戸惑う。

「あ、体験入店、です」

とキャストは説明する。なるほど、と思ったのと同時に、なんていう略し方だ、と思った。「体入」って字面だけを見るとよからぬ想像をしてしまうではないか。

「今日はどういう感じで来てくれたんですか?」

とキャストが訊いた。キャストは手塚さんのことを知らないから、私たち三人の組み合わせ——編集者Tさんは五十代女性、手塚さんは四十代男性、私は三十代女性——が異様に映ったのだろう。

「私は作家で、今日は雑誌の取材で来ました」

正直に答えながらも、少し申し訳なさを感じた。これだと「私はリピーターにはならない、あなたを指名し、あなたの収入に貢献することはない」と表明しているようなものだ。がっかりされたかな、とも思ったが、しかし「がっかりされたくない」というのも私のエゴに過ぎない。そもそも客が女性だという時点で、キャスト側もリピーターになることをそこまで期待していないのかもしれない。

三人目のキャストには、キャバクラで働くようになった経緯を訊いてみた。彼女が「AMATERAS」に入ったのは約三か月半前のことで、最近ようやく試用期間が終わったとのこと。試用期間中はノルマがあったりペナルティがあったりなど、勤務条件が厳しめだったらしい。「AMATERAS」の前はほかの県のキャバクラで働いていたが、そもそもキャバクラで働き始めたきっかけは、恋人との同棲《どうせい》に遡る。三年前、彼女は家族の反対を押し切って当時の彼氏と同棲し始め、それを機に実家を出た。しかしその彼氏とは半年後に破局を迎え、同棲していた家を出なければならなくなった。お金もなく、実家にも戻りたくなかったので、キャバクラで働き始めたという。彼女は今でも二十代前半の若さなので、三年前といえば未成年だ*。

彼女にも来店の経緯を訊かれ、正直に取材だと答えた。

「じゃ、色んな店を回られるのですね」と彼女が訊いた。

「そうです。キャバクラだけでなく、ゴールデン街のバーとか、ニューハーフクラブとか。この後はホストクラブに行きます」

「ホストクラブにも行くんですね。楽しみですね」

「うん、まあ」

女性だからキャバクラよりもホストクラブの方が楽しいに違いないと、そう思われているのだ。心の中に小さな棘《とげ》を感じながら、なんてことないというふうに誤魔化す。

そろそろ次へ行こう、そう手塚さんが促し、私とTさんは席を立った。キャストは席から、「いよいよ、ドキドキのホストですね」と言いながら見送ってくれた。

ホストよりあなたと話す方が楽しいよ、とは当然言えなかった。

＊

新宿区役所がある「区役所通り」を大久保《おおくぼ》方面へ歩いていくと、「風林会館」というかつて一世を風靡《ふうび》した建物が左手に現れる。その手前の、東西に走る「花道通り」が歌舞伎町の一丁目と二丁目を分かつ道である。一丁目はキャバクラやガールズバー、ファッションヘルスなど男性向けの店が多いイメージだが、二丁目に入るとホストクラブの看板が林立し、ラブホテルの密集地でもある。

「うちのグループには台湾出身のホストもいてね、日本語はあんまりだけど、接客は上手《うま》いよ」

街を歩きながら手塚さんは言った。

「日本語があまりできないのに、ホストやってるんですか？　接客はどうするんです

＊　取材当時は二十歳未満が未成年だったが、二〇二二年四月から成年年齢が十八歳に引き下げられた。

か？」私は思わず訊いた。ホストは言葉を磨くのが大事だ、そう思ったからこそ手塚さんはグループのホストたちに短歌を詠ませ、『ホスト万葉集』を作ったのだ。言葉もおぼつかないのに非日常や恋愛気分を味わわせるような接客ができるのだろうかと、不思議に思った。

「さあ、どうやったんだろうね」と手塚さんは肩をすくめた。

「今もやってるんですか？」

「やってるよ。今はどちらかと言うと経営の方に入ってもらってるけど」

取り留めのない話をしていると、ホストクラブ「OPUST」に到着した。ここもやはり地下一階だが、総本店「SMAPPA! HANS AXEL VON FERSEN」の宮殿みたいな華やかな内装とは違い、どこか素朴で、味気なさを感じさせる。客席は黒の合皮ソファで、天井は梁《はり》が剝《む》き出《だ》しになっており、電気の配線も丸見えで、渋谷のクラブのような雰囲気だった。実際、賑やかなクラブミュージックがかかっていて、ホストたちもラフな格好をしている。こんな日常感溢れる内装だからこそ親近感を覚える人もいるかもしれない。

席に着くと、ホストたちは氷の入ったグラスとともに三角折りのおしぼりを出してくれた。おしぼりを三角形に折り畳むのは水商売特有のマナーらしい。Tさんと手塚さんは本日何杯目かの酒を頼んだが、私はウーロン茶を頼み続けた。

ホストクラブはある意味、私にとってはキャバクラよりも緊張する場所だ。

「AMATERAS」のキャストが言ったのと違う意味で「ドキドキ」していた。女性が恋愛対象の私は異性愛の合コンというものに参加したことがなく、周りの友人もほとんど女性だから、これほど多くの男性（しかもみな、世間の基準で言えば「イケメン」の部類に入る方たちばかりだ）に囲まれるのは、恐らく生まれてこの方一度もなかった経験かもしれない。そのせいでなかなか落ち着かず、店内の内装が見たいと言ってそわそわと歩き回り、担当ホストを困惑させた。それを見かねた手塚さんは、

「李さんにホストクラブを体験してもらうのが今日の仕事だからちゃんと体験してもらわないと困る」

と言ってくれた。確かにその通りだと思い、席で大人しく接客を受けることにした。ホストたちが代わる代わる席につき、名刺を渡してくれた。代表に主任に副主任に幹部補佐、見慣れない肩書が名刺を飾っている。

上間陽子《うえまようこ》さんはエッセイ集『海をあげる』（「Yahoo! ニュース―本屋大賞２０２１」ノンフィクション本大賞受賞作）で、あるホストに取材した時に感じたことをこう書いている。

「女の子と会っているときみたい（略）和樹が綺麗なひとだったからだけではない。けがの具合を聞いたとき、和樹はためらうことなく服をめくり、自分の身体を私にみせた。こういう、一見すると相手の意のままにふるまってみせる受動的なパフォーマンスはおなじみのものだ。こんなふうに自分のセクシャルな価値をよくわかり、それを使ってその場の

空気を統制しようとする女の子や女のひとと私はこれまで何度も会ってきた」

客として接してみて、なるほどと思った。確かに、ホストたちは自分のセクシャルな価値をよく分かり、それを武器にしている側面がある。グラスが空きそうになったら「次、何飲みます？」と訊いてきたり、トイレに行く時にエスコートしてくれたり、出てきた時に温かいおしぼりを渡してくれたりするのは、そういう研修があったからだろう。しかしそれとは別に、話が盛り上がる時にさりげなく身体を寄せてきたり、優しく手を触れてきたりする、そんなちょっとした仕草には嫌らしい感じがまったくなく、色気が自然に流れ出てくる。異性愛者の女子ならそこでキュンと来る人も多いだろう。そんなことで異性愛に目覚める私ではないが、ホストたちの接客スキルには感心した。

手塚さんに指示されてか、一人のホストがやってきて私の隣に腰かけた。帰国子女かミックスと思わせるどこか日本人離れした風貌で、「OPUST」ではプロデューサーとしてイベントを企画したり、内装を考えたりといった仕事をしている。名前はBaRoN（バロン）と言う。雑談していると、バロンさんは自分はタイ出身だと明かした。生みの親はどちらもタイ人だが、一度離婚した後、母親が日本人と再婚したので、当時十二歳のバロンさんも母親と一緒に来日したという。バロンさんは今三十代半ばだから、来日は二十数年前のことだ。

手塚さんが言っていた「台湾出身のホスト」の正体が分かった。台湾出身ではなく、タイ出身だったのだ。手塚さん、惜しいね。ちなみに、バロンさんの日本語は手塚さんが言うほど「あんまり」ではなく、十分に接客ができるレベルだった。

ほどなくして、音楽のボリュームが急に上がり、賑々しい雰囲気を醸し出す。それに伴ってホストたちはどこか落ち着かない様子で、何かの準備をしているようだった。

「え？　なになに？　何が起こるの？」と私が訊くと、

「シャンパンコールです」とバロンさんが答える。

話している間に、ホストたちはこちらのテーブルにぞろぞろと集まってきて、テーブルにはいつの間にかシャンパングラスが置いてあった。一人のホストがマイクを手に取り、何か挨拶のような言葉を口にしたが、音楽がうるさくてはっきり聞き取れなかった。それから「いーよいしょ！」という掛け声を合図に、ホストたちによる派手なシャンパンコールが巻き起こる。

「これ、普通に頼むと十万するやつ」と手塚さんはニヤッと笑いながら私の耳元でぼそっと言った。十万円は原稿用紙何枚分の原稿料なのだろう、と貧乏性の私は考えた。

賑やかなシャンパンコールはしばらく続いた。店内の音楽がうるさく、コールも早口なので私の耳には「わっしょい」「そいや」「それ」「ほいさ」などと、盆踊りやお囃子《はやし》の掛け声のようにしか聞こえなかったが、後で手塚さんに確認すると、どうやらこんなことを言っていたらしい。

「いーよいしょ！　シャンパン！　コールだ！　オーパスト！　○卓《たく》に！　集まれ！　上げてけ！　声出せ！　おいおいおいおいおい！　グラスを持って！　姫も王子も！　皆で行くぜ！　グイ！　グイグイグググイ！」

　そんなコールに囲まれていると、私は刹那的な気持ちになった。この街はどこまでも刹那的だ。数分間くらいのシャンパンコールに喜んで十万や百万円払う人たちがいて、それを商売として提供する人たちがいる。一年後や五年後、十年後のことではなく、今この瞬間、誰もが目の前の一瞬しか見ていない。この一瞬に尽くし、この刹那に殉じる。ここで売られている商品は何だろうか。それは若さであり、容姿であり、非日常であり、特異性である。しかし何より、大金と引き換えに供給されているのは刹那の幻だ。あるいは夢と言い換えてもいい。翌朝には消え失《う》せてしまっている快楽や、愛してもらっているという錯覚、そんな刹那の慰みを追い求めて、人々はこの街へやってくる。

　それはあるいは「未来」という、絶えず向こうからやってくる不安の種から解放されたいという、人間の最も深い願望の表れかもしれない。

＊

李さん、オレを殺してね、と手塚さんが言った。

穏やかな言葉ではないが、あくまで小説の話である。小説の中で手塚さんを登場させて、殺してほしいというリクエストだ。

「Smappa! Group」経営のダイニングバー「麦ノ音」の中で、私たちはテーブルを囲んで座っている。いつの間にか人数が増えている。私と手塚さんと編集者のTさん以外に、元ホストで今は千葉で農家をやっている方や、彫り師の方、そして何人かの若手アーティスト。東京レインボープライド共同代表理事の杉山文野《すぎやまふみの》さんも来てくれた。いずれも手塚さんと付き合いのある方で、「李さんには色んな人に会ってみてほしい」ということで呼ばれ、一緒に飲んでいるわけだ。ツアーの途中、手塚さんはちょこちょこＬＩＮＥを弄《いじ》っていたが、私に引き合わせるために人を呼んでいたというわけか。

「李さんはプラトンだからね」と手塚さんは笑いながら言った。

「そんなこと言ってもみんなには通じませんよ、手塚さん」そう言いながら、唐揚げを口へ放り込む。口に入れてからそれは鶏の唐揚げではなく、苦手なタコであると気づき、なんとか吐き気を堪《こら》えた。

ソクラテスは著作を残さず死んでしまったので、その生涯と思想は弟子のプラトンの著書からしか知ることができない。「李さんはプラトンだ」という手塚さんの言葉は要するに、私には語り部《かたべ》として彼らの人生を後世に伝えてほしいという意味だ。私を持ち上げながら自分たちをソクラテスに喩《たと》えている、ハイレベルな冗談である。

「プラトンはよう分からんけど、プランクトンなら分かるよ」と誰かが言い、笑いが巻き起こる。プラトンになれる気はしないが、さすがにプランクトンは嫌だな、そう思いながら、出てきた肉料理を突《つつ》く。

さて、小説の中で殺してほしいというリクエストだが、これは困ったものだ。ミステリー作家なら年がら年中屍体《したい》を転がしているかもしれないが、私は純文学作家だ。純文学作家は滅多に人を殺さない。芥川賞を取った『彼岸花が咲く島』ではちょっとした弾みで数千万人を死なせてしまったが、その一人ひとりに名前はない。小説の中でとはいえ、名前のある登場人物を殺すのは大変な作業だ。

などと適当なことを考えていると、数人のグループが店に入ってきた。そのうちの一人が手塚さんに気づき、挨拶してきた。なんと、アーティスト集団「Chim↑Pom」のリーダー、卯城竜太《うしろりゅうた》さんだ。「Chim↑Pom」メンバー唯一の女性、エリイさんは手塚さんの妻なので、手塚さんは「Chim↑Pom」とも親交があるのだ。ちょうど六本木《ろっぽんぎ》の森美術館でChim↑Pomの回顧展をやっていたので、招待チケットを頂いた。

Chim↑Pomと言えば、広島市上空に飛行機雲で「ピカッ」という文字を書いたり、渋谷駅の壁画「明日の神話」に東日本大震災の原発事故の絵を付け足したりするなど、話題に事欠かないラディカルな芸術家集団だ。そのたびに議論を巻き起こし、批判や非難に晒され、さらには軽犯罪法違反容疑で書類送検されたこともあるが、それでも社会への批評性に富む行動で現代アートの可能性を押し広げようと、十数年間芸術活動を行ってきた。

森美術館の回顧展でも、都市と公共性と再開発、消費主義、ゴミと環境問題、原爆、震災、国境、オリンピック、コロナ禍など、様々な問題に切り込む刺激的な作品が展示されていた。エリイさんがピンクの液体を飲んでは嘔吐《おうと》するを繰り返すだけの映像や、「性欲で発電」という奇想天外なアイディアから、アメリカとメキシコの国境に足跡を残したり、カンボジアの地雷原で私物を地雷で爆発させたり、国会議事堂の上空にカラスの大群を呼び寄せたりといったパフォーマンス・アートまで。見ていると、彼らの行動力とエネルギーに圧倒されながら、「いいぞもっとやれ」と心の中で叫んでしまう。


怒濤の取材ツアーでさすがに疲れたので、「麦ノ音」では少々長居した。店を出たのは深夜三時前だった。

「深夜一時過ぎに歌舞伎町二丁目辺りに行くと、仕事が終わったホストとキャバ嬢がたむろしてて、お祭り状態で楽しいよ」

そう言われたから、別の日に一人で行ってみた。確かに賑やかだった。ケバブや焼き鳥を売るキッチンカーが出ていて、深夜一時にもかかわらず長蛇の列ができるくらいの盛況だ。ホストクラブの密集地では、酔っ払った若い女の子が道端に座り込んで大泣きしていて、その隣でホストらしき男性が優しく慰めている。近くでやはりホストらしき男性と女の子が道路の真ん中で抱きしめ合っている。手塚さんと一緒に歩いた時はそんなことはなかったのに、一人で歩くとしきりに知らない男から声をかけられる。

「お姉さん何してるの？　今、暇？　可愛いから思わず声かけちゃった」

「ホスト行きません？　初回で案内しますよ」

「僕とLINE交換しません？」

「そこのコンビニでお酒買って一緒に飲もうよ」

ナンパにキャッチにスカウト。ただ静かに街を観察したかった私には少々煩わしい。しかしここでいらいらするのはあまりにも無粋なので、何人かと話してみた。

「お姉さん、可愛いね。何してるの？」

「いや、別に可愛くはないでしょ」

「ほんとだよ、可愛いから思わず声かけちゃった。今何してるの？」

「お兄さんこそ、何してるの？　ナンパ？　キャッチ？」

「僕は何だと都合がいいの？　ナンパ？　キャッチ？　スカウト？　お姉さんが望むなら何でもできるよ」

「いや、別にどれも望まないけど」

「お姉さん、仕事上がったとこ？　何してるの？」

「散歩」

「散歩？　深夜一時に一人で散歩？」

「そうだよ」

「嘘だろ、こんな汚い街で？」

「汚いのかな？」

「汚いよ。こんな汚い街、仕事じゃないと僕、絶対来ないよ」

「じゃ、お兄さんは今仕事中ってこと？　何してるの？」

「親交を深めてる。僕と親交を深めようよ。ＬＩＮＥ交換しよ」

「親交を深める？　それって仕事なの？」

「そうだよ、親交を深めるのが僕の仕事。ねえ、ＬＩＮＥしようよ」

　そんな感じの会話を何人かとした。

　後でネットで検索すると、街でナンパするいわゆる「ストナン」のノウハウがその手のブログで多数ヒットし、「可愛いから思わず声かけちゃった」といった台詞《せりふ》もナンパの常《じょう》套《とう》句として書いてあった。ほかにも色々な隠語がある。例えば女性のことを「案件」と言ったり、女性の容姿レベルを「スト値（1から10の10段階）」で表したり、即ヤれそうな女性を「即系」、風俗店で働く女性を「夜系」や「風の民」と言ったり、なかなかヤれないことを「グダ」と言ったりする。また、歌舞伎町はヤクザやスカウトもいてトラブルに巻き込まれやすいから、本当は「ストナン」には向いておらず、ナンパするなら新宿駅東口周辺がオススメ、とも書いてあった。

今度歌舞伎町で「お姉さん可愛いね」と話しかけられたら、「ほんと？　スト値どれくらい？　お兄さんここでナンパしてて、スカウトの縄張り的に大丈夫？」と訊き返してみよう。

＊

「麦ノ音」の次は、アフターバー「PEGASUS」に入った。

アフターバーとは仕事が終わったホストやキャバ嬢の集い場となるバーのことで、朝まで営業することが多い。「PEGASUS」に入った時は若い男女の先客が何人かいて、カラオケを歌っていた。店内の壁はコンクリート打ちっぱなしで、エアコンのパイプや電気の配線も剝き出しのまま天井を走っている。バーカウンターの中にはバックバーがなく、缶ビールが大量に入っている冷蔵庫が一台置いてあるだけ。業界内の集い場だからか、雰囲気はどこか閑散としていて、長い夜の終わりを感じさせる。ちょうど「Smappa! Group」で売上ナンバー1のホスト・一春《にのまえはる》さんもいたので、営業スタイルではないリアルな話がたくさん聞けた。

一春さんによれば、ホストにお金をたくさん使う女の子によくある特徴として、束縛が強く、繊細で、すぐ怒るという点が挙げられる。そして風俗嬢が多い。ちょっとした言い方で怒るので、ホスト側も言葉に神経を尖《とが》らせなければならない。例えば「今日は可愛いね」と言うと、「昨日の私はブスってこと?」と怒られるので絶対禁句。また、たとえ男同士で遊びに行っても、浮気を疑われるので女の子には報告しておかなければならない。スマホを覗かれたら大変なので、女の子の前では絶対に寝ないし、スマホは決して手離さない。さらには万全を期して、スマホのパスワードとは別にLINEにもパスワードをかけているという。このように全ての言動に気をつけなければならないから、とても精神が摩耗する。

「スマホがなかった時代のホストならきっともっと楽だったんだろうな、って思うことあるよ」と一春さんは苦笑しながら語る。

「歌舞伎町で売上が一億を超えるホストって、何人いるの?」と杉山文野さんが訊いた。一春さんはまさしく年間売上が一億円を超える「億の男」の一人なのだ。ちなみに政府発表によれば、総理大臣の年間給与額は約四千万円だ。

「どうだろう、三十人くらいじゃないかな」と一春さんは考えながら言った。そしてはにかみながら言葉を継いだ。「でもいくら売上の成績がよくても、毎月リセットされるから、あぁ、今月またゼロから頑張らないといけないのか、ってちょっと落ち込みますね」

「歌舞伎町全体で一日の売上って、どれくらいなの?」と編集者のTさんが訊いた。

「二、三億くらいかな」と手塚さんが。

一日で二、三億円が動く街、歌舞伎町。どこまでも夜の闇が深く、底の見えないこの刹那的な街に、私は深く心を惹かれている。この日私が見た世界は、この街の一%にも満たないと思う。ではこんなツアーを百回繰り返すと街の全貌が摑めるのかというと、決してそうではない。酔客、従業員、ヤクザ、地域住民、この街には色々な人間がいて、それぞれにしか見えない景色もたくさんあるだろう。「この街には色んな村があって、互いに干渉せず自由にやっている。だからこんな自由な街ができたんだ」と手塚さんが語る。

歌舞伎町一丁目に、「歌舞伎町弁財天」という小さなお堂がある。そのお堂の入口の石柱には「大正十二年三月吉日」という文字が刻まれている。関東大震災は大正十二年（一九二三年）九月一日に起こったから、このお堂の造営はそれよりも前ということになる。当然、その頃には歌舞伎町など存在していなかった。そもそも新宿という街が繁栄したのは関東大震災があったからだ。東京の下町が震災で甚大な被害を受け、人口が山の手の方、西の方へ流れたため、新宿が新しい盛り場として台頭した。今から僅か百年前のことだ。

歌舞伎町の歴史はもっと浅く、八十年にも満たない。戦後の焼け野原の混沌の中から、闇市や赤線・青線時代を経て、日本中、そして世界中ののけ者たちを、その欲望もろとも受け入れ、やがて東洋一の繁華街へと発展していった。出世欲、金銭欲、性欲、食欲——時には騒乱や暴力もあり、時代とともに街が変化を遂げることもあるが、底知れぬ夜闇に紛れれば何でも受け入れてくれる懐の深さは変わらない。百年前からここにあった「歌舞伎町弁財天」のすぐ下に、今やファッションヘルスが店を構えている。その雑多な異質さの共存が、この街の魅力を端的に体現しているように思える。

深夜四時前、手塚さんやほかの方たちと別れて、一人で帰路につく。煌びやかな「一番街」アーチを振り返り、私は密《ひそ》やかに次の来訪を待ち望む。

【初出】

「シドニーの虹に誘われて」「すばる」二〇二三年九月号、一〇月号（「虹に彩られる季節」から改題）

「歌舞伎町の夜に抱かれて」「すばる」二〇二二年一二月号

【参考資料】

『ＬＧＢＴヒストリーブック　絶対に諦めなかった人々の１００年の闘い』ジェローム・ポーレン著、北丸雄二訳（サウザンブックス社）

『トランスジェンダー問題　議論は正義のために』ショーン・フェイ著、高井ゆと里訳、清水晶子解説（明石書店）

『ホワイト・フェミニズムを解体する　インターセクショナル・フェミニズムによる対抗史』カイラ・シュラー著、飯野由里子監訳、川副智子訳（明石書店）

『台湾同性婚法の誕生　アジアＬＧＢＴＱ＋燈台への歴程』鈴木賢著（日本評論社）

『社会運動の戸惑い　フェミニズムの「失われた時代」と草の根保守運動』山口智美、斉藤正美、荻上チキ著（勁草書房）

【装幀】鈴木久美
【写真】kylasenok/gettyimages

李琴峰（り・ことみ）
一九八九年、台湾生まれ。二〇一三年来日。二〇一五年、早稲田大学大学院日本語教育研究科修士課程修了。二〇一七年「独舞」で第六〇回群像新人文学賞優秀作を受賞。二〇一九年「五つ数えれば三日月が」が第一六一回芥川賞、第四一回野間文芸新人賞の候補に。二〇二一年『ポラリスが降り注ぐ夜』で第七一回芸術選奨新人賞を、「彼岸花が咲く島」で第一六五回芥川賞を受賞。著書に『星月夜』『生を祝う』『彼岸花が咲く島』『透明な膜を隔てながら』『肉を脱ぐ』『言霊の幸う国で』などがある。

シドニーの虹《にじ》に誘《いざな》われて

2024年10月30日　第1刷発行

著　者　李琴峰《りことみ》

発行者　樋口尚也

発行所　株式会社 集英社
〒101-8050　東京都千代田区一ツ橋 2-5-10
電話　03-3230-6100（編集部）
03-3230-6080（読者係）
03-3230-6393（販売部）書店専用

印刷所　大日本印刷株式会社
製本所　ナショナル製本協同組合

ISBN978-4-08-771883-6 C0095

定価はカバーに表示してあります。

李琴峰の本

集英社文庫

星月夜

両親の反対を押し切り東京で日本語教師の職に就いた台湾人・柳 凝月《りゅうぎょうげつ》。新疆ウイグル自治区出身で、日本の大学院を目指す留学生の玉麗吐孜《ユルトゥズ》。二人は惹かれ合い恋人同士に。日本語習得を陰で支える柳は、一緒に日本で暮らす将来像を思い描くが、玉麗吐孜の心は決まらない。やがて、柳は彼女が背負うものの重さを知らずにいたことに気づく。

（解説／中島京子）